別人的愛情怎麼開始

楊明

目次

〔自序〕

說故事給自己聽

我原只是給自己說故事。

到香港四年，從一處海邊搬到另一處海邊，原來的海邊有一座公園和碼頭，現在這裡有沙灘，有濱海落日，遠處也有一座碼頭，規模更大，船班也更多。晨起，我沿著路往下走，路邊綠蔭相連，如一條葉片編織的棚頂，但畢竟是人煙稠密的香港，原該有的靜謐中，穿插著車水馬龍，巴士呼嘯而過，我企圖視而不見，聽而不聞，在車聲中和自己說故事。

〈含羞草〉裡因為習慣咬手絹受到同學嘲弄的喆慶，〈紫荊花〉裡超市打工等待簡單幸福的隋揚，有點害羞不喜張揚的他們安靜地陪我走著，我們一起漠視川流車陣，觀察慢跑和遛狗的人，陽光下鮮豔的九重葛和炮竹花，我想像著他們的愛情，不是高富帥和白富美，但是有單純的憧憬和真心。

大多數的時間，我一個人吃飯一個人散步一個人購物，餐廳裡巴士上地鐵中，粵語此起彼落，紛雜環境裡我的內心另有透明的世界，洋溢食物溫暖的〈樓頂餐室〉，藏著神祕的影響力；尋找著等待著思索著〈排骨飯裡的蝦卷〉，既已選擇了排骨便當，卻還為著便當裡是否有蝦卷而糾結，這可能更接近生活的真相。獨自吃飯散步的我並不孤單，有時我的腦子還嫌擁擠，〈啟蒙者〉裡莽撞衝動的少年們不知所謂的青春總不肯安靜。

一段日子後，我發現自己常在鳥鳴聲醒來，迷迷糊糊間，天才初透亮，租來的公寓院子裡幾棵大樹，枝葉間傳來啾啾鳥鳴，更遠處有車聲，但逐漸我將之分離，竟能掠過車聲，聽聞鳥語，知道時間還早，可以再睡一會兒，翻個身就在鳥鳴聲中或睡或醒至陽光探入窗臺。

前後賃居的兩處公寓皆是背山面海，前一幢樓位在山坡間，每日外出下坡，返家時上坡，步履從輕快到緩滯，上坡下坡間逐步構築〈樹和星〉，住在大樹上以彩虹顏色命名的族群，與來自另一個星球以化學元素命名的族群，藉著孢子傳播訊息，讓生命得以繼續延續。由山坡往海邊，碼頭附近有一片工廈，其中散布餐室和穿插舉辦特賣的倉庫，我以探險的心情遊逛，喜歡喝好立克的女孩，下班後習慣去圖書館的大樓管理員，一起在工廈走廊〈補白〉成篇；去三百多公里外的S城與丈夫相聚時，途中高鐵車廂裡總有孩子吵鬧嘻笑，我兀自在車窗流動如川的風景裡訴說著〈水果和基因改造〉；一起去東山島旅行，山坡上層疊起伏的屋簷，〈日出日落〉裡的亮亮時憂時喜行走巷弄間。暑假返臺，不斷有人問我為什麼沒有使用Line，〈在雲端遇見你〉悄悄成形；連鎖咖啡店裡喝咖啡，連鎖超市裡買啤酒，思索著〈別人的愛情怎麼開始〉，赫然發現，人生至此，更多故事屬於別人，而我的世界逐漸塵埃落定。

但，我仍好奇別人的故事怎麼開始，怎麼進行，怎麼告一段落。在旁觀察的我，構築了別人的人生，當這些小說匯集成一本短篇集子，校對書稿時，我發現其中藏著自己的生活痕跡，點點滴滴偷偷串連著記憶。

來到香港第二年的夏天，父親離開了我們，至今已滿兩年，收錄在這本集子裡的小說都是他不曾看過的。從我十九歲在報上發表第一篇小說起，爸爸媽媽就一直是我的讀者，父親也寫小說，卻能對我的寫作保持沉默，不表達他的意見，偶爾會從媽媽那裡聽說，他看到這幾年我的小說風格有了些改變，是因為生活和以前不一樣的緣故吧。他沒和我說，我想是不希望影響我，創作應該是自由的，我感謝父親給我的空間，當別人說我繼承父親衣缽時，我想他是高興的。司馬中原說擅長寫小說的父親是個故事罐子，那我也許是個小瓶子，訴說著城市裡別人的故事。

謝謝文甫先生，從我在九歌出版的第一本書起，對於我的支持以及鼓勵。謝謝素芳，多年來在文學出版事業上的不輟努力，不僅伴我成長，也陪伴著許多作者繼續堅持。謝謝晶惠協助，我們一起完成這本書，但願不辜負大家，說給自己的故事轉化成文字後，在此與你相遇，你願意安靜地往下讀。

含羞草

喆慶聽了先是滿心歡喜，很快就轉為焦慮，桌上的一碟鹹檸蒸烏頭翻著眼瞪他：死怪胎。他放下碗時力道失準，發出好大聲響，碗身傾斜打了個轉，險些砸在地上。他低聲說：我吃飽了，隨即走進房間，關上房門的瞬間，他隱約聽見母親說：說得好好的，這是怎麼了？父親說：大約是因為他那毛病。

喆慶將車子停在最靠近電梯的位子，這是他的習慣，有時候電梯旁邊沒有空位，他寧可等一會兒。離開車子，他快速步入電梯，電梯沒人，太好了，他鬆了一口氣，將手絹從口袋掏出，握在手裡，然後將手絹一角塞入口中，含抿著、咬齧著、啃噬著、咀嚼著，只有嘴裡咬著一塊布，他才覺得心安。

從小他就這樣，那時不論睡覺前還是睡醒後，他總是咬著毛巾被的一角，當時沒人在意這事。喆慶不吃奶嘴，他安靜地咬著被子，爸爸說，大些就好了；媽媽說，也許長牙，有些發癢。但是，牙長出來了，他還是咬被子，有人拿走，他就哭。上幼稚園，他堅持帶著毛巾被一起去，媽媽說，沒人上學還帶這個，他不理，堅持帶著。校車上，他安靜地坐在角落咬著被子的一角，他藏在自己的世界裡，同學嘲笑他，說他是智障，他不理，他就是不願意離開他的毛巾被。幼稚園畢業，他依然故我，爸媽開始緊張，帶他去看醫生，醫生說他過度依賴，缺乏安全感，建議許多方式，讓他父母嘗試，但是他都沒有戒除掉這個習慣。媽媽沒法，用盡手段，也只讓他將毛巾被換成了手絹，至少手帕的體積小了很多。可是一個男孩每天捏著一條手絹，還將手絹的一角含在嘴裡，同學們繼續嘲笑他，說他是精神病，他索性不和同學來往，他們要說讓他們說去，嘴裡沒有手絹可咬，比赤身裸體站在別人面前更讓他不自在。

中學時，有一天喆慶在學校餐廳吃飯，他記得那天是他最喜歡的番茄炒蛋和糖醋里脊，還有一份綠色蔬菜，至於是什麼菜，因為他根本還沒吃，不能十分確定，只記得是芥蘭菜那樣的深綠色。後來他看到一份研究報導，想起自己對這件事的回憶，他清楚記得餐盤的樣子，每一道菜的顏色，擺放的位置，於是他知道自己是屬於圖像記憶類的人。不管了，怎麼記憶對他的生活影響似乎並不大，反正，那天他才吃了一口炒蛋，一塊糖醋里脊都還沒入口，突然有塊抹布蓋住了他的餐盤，灰色的抹布因為髒汙已經看不出原本應該是什麼顏色，抹布發出異味，陳舊的腐敗的氣息一下子取代了番茄雞蛋糖醋里脊屬於食物的暖香，喆慶還沒回過神，不知道發生了什麼事，他周遭出現一片哄笑，有一個聲音說：你不是喜歡吃布嗎？多吃一點，不夠的話還有。

他的腦子一下炸了，他飛快看了一圈，就是他們，一直不肯放過他，嘲笑他玩弄他欺負他，他記得自己一直跑一直跑，具體怎麼離開餐廳他其實並不記得，回過神的時候他在操場旁的一棵樹下，他喘著氣，好久沒法調勻呼吸。

第二天，他帶了一把水槍，他在水槍裡裝入稀釋了的浴廁清潔劑，中午，他躲在餐廳外，等他們一群人端了餐盤坐下後，他衝了進去，快速使用水槍對著他們的餐盤一圈掃射，然後立刻飛奔出去。那天以後，他再也沒有進過餐廳，每天中午他獨自在校園的角落裡，安靜地咬著自己的手絹發呆，有時他會拿著隨手撿來的小樹枝，在泥土地上畫出各種圖案，樹枝一下一下戳著泥土地，輕輕發洩出他心裡一點一點委屈，以點狀拼出各種圖案。他不明白，他們不喜歡他，不和他一起坐，他都知道，他已經努力避開他們，為什麼他們還不肯放過他？從那天起一直到中學畢業，他每天中午都餓著肚子，不知道是不是因為這樣，他特別瘦小，畢業時只有一百六十四公分，五十公斤。他的父母不知道學校裡發生的事，他們只是知道他不喜歡學校，學校裡的同學因為他咬手絹的習慣排擠他。那次事件以後，他不再吃番茄炒蛋和糖醋里脊，初中畢業以後，他再也不願意去學校。

終於，他離開學校了，他可以不要再過團體生活，多數的時間他都是一個人，沒有朋友。他一個人看電影，一個人吃飯，每天花許多時間玩電腦遊戲和閱讀，在他自己的世界裡，沒有人在意他喜歡咬著一塊布，這不妨礙任何人。

二十歲的喆慶成為一名刺青師，為人刺圖案時，多數人不會盯著刺青師看，因為許多圖案刺在背上，他們需要趴在檯子上接受刺青，即使選擇刺在手臂，仰躺在檯子上的人，也不會留意戴著口罩的喆慶口裡齧咬著一塊布。他握著刺青針在別人的皮膚上一點一點刺出圖案，那個十六歲少年的委屈，彷彿也得到了一點宣洩。

喆慶媽媽非常苦惱，兒子沒有學歷，只有初中畢業，個子瘦小，如今又成為刺青師，雖然可以養活自己，但是哪個女孩願意和這樣的對象交往，更何況他還有個咬布的怪癖。

電梯裡，一個年輕媽媽帶著女兒從開啟的門進來，女孩大約上小學一年級吧，可能是趕著去搭校車，從進電梯開始，媽媽的手就沒有停過，為小女孩編辮子，簡單的麻花辮，但是小孩的高度和媽媽有距離，媽媽無法平視，只能靠雙手摸索著編，從指法來看頗為熟練，可能每天早上出門都要上演一遍。是小孩賴床，還是媽媽起晚了？喆慶媽媽心裡猜想，喆慶小時候都是吃了她親手做的早餐才出門，她幫他換校服，穿襪子，皮鞋擦過，幼稚園圍兜上用別針別一方手絹，通常是天藍色的，就是那一方手絹讓她有了哄喆慶咬手絹的念頭，雖然喆慶更願意咬圍兜，但是幼稚園畢業後，就不穿圍兜了，手帕還在口袋裡。

喆慶媽媽後來看了心理學的書，知道了幼兒時期又分口腔期和肛門期，書上說：大約一歲到一歲半的幼兒處於口腔期階段，這時的寶寶什麼東西都喜歡放進嘴巴咬，他們以嘴巴認識所有新事物，有些家長擔心寶寶吃進髒東西，因此加以阻止；或是有些吃母奶的寶寶邊吃媽媽的奶邊入睡，逐漸媽媽為了斷奶而開始戒除這樣的習慣，都可能形成口腔期不滿足，影響未來的安全感。口腔期不被滿足的嬰幼兒，長大後只要遇到困難或感到焦慮時，潛意識就會退縮回嬰幼兒的口腔期階段，有些人會咬指甲，有些人不自覺咬吸管，甚至吸菸，就連大吃大喝也屬於透過嘴巴來抒發壓力。

一歲半至三歲的幼兒則進入肛門期，此時幼兒開始脫離尿布，如果大人訓練大小便的過程過於嚴格，孩子長大後自律性強，但是容易有潔癖，顯得神經質，不願意和別人分享；反之如果訓練過程混亂，孩子未來自我掌控能力差、不愛乾淨，情緒管理也比較差。

難道喆慶是口腔期沒有得到滿足嗎？她不知道自己是那一點忽略了？她甚至寧願喆慶長大後抽菸，而不是咬醫手絹，至少抽菸只讓人覺得是一種不良生活習慣，一個大男人咬手絹卻會被人說是——怪胎。怪胎，這個名詞真讓她傷心，是她的錯嗎？她第一次聽到有人這樣說她兒子時，她整顆心揪了起來，她哪裡做錯了？生下了一個怪胎。

接著她意識到，如果她聽過，那麼，喆慶很可能在更早的時候已經聽過。

喆慶對目前的生活還算滿意，至少比在學校裡好太多了，他設計了許多圖案，獨特的紋身圖形吸引了許多年輕人，小巧的一朵雲刺在手腕，纖麗的一朵花刺在腳踝，他喜歡刺青針插進皮膚的微微震動，刺痛別人，咬齧肌膚，這是別人應該補償他的，他沒有妨礙過任何人，卻受盡了冷落歧視。

他特別喜歡一款皇冠搭配權杖的圖案，刺時他幾乎有一種在為自己擁有的奴隸紋身的快感，彷彿他是中古時期歐洲貴族。刺青在人類的世界有悠久的歷史，古老的年代用針沾墨水在人身上一針一針把圖案刺上去，中國先秦時代的黥刑就是在犯人臉上刺字以此對其他人示警，古埃及則用刺青來劃分社會地位，四千年前的木乃伊身上已經留有紋身圖案。有關色雷斯人、希臘人、高盧人、古日耳曼人和古不列顛人的記載都提到紋身，古羅馬的奴隸也有紋身。

他不是不知道父母的苦惱與擔心，只是他無力顧及，他們為他取名喆慶意圖已經很明顯，吉慶還不夠，要喆慶，雙倍的吉利。他是家裡唯一的男孩，他還有一個妹妹，父母沒有期望他開枝散葉，但也不願見他孤老終身無兒無女。

一天，有一個女孩來到喆慶的刺青店，她想在頸項後刺一枚樹葉，女孩蓄長髮，長髮放下來便遮住了紋身。喆慶發現許多人喜歡將紋身刺在別人不容易看到的地方，肚臍周邊背部胸前甚至屁股，帶有一點神祕色彩，只和親密的人分享，也因此身為刺青師的喆慶常常有機會接觸到陌生人隱蔽部位的肌膚。

你想刺哪一種樹葉？喆慶詢問。

樹葉有很多種嗎？

喆慶打開電腦檔案，向女孩說明：銀杏的扇形葉、楓樹的五爪葉、含羞草的羽狀葉、狹長頂端呈尖形的橄欖葉、多曲線的菊花葉，圓而闊的荷葉……

女孩緊抿著下唇專心思考。

喆慶猜想，女孩想紋一枚葉子，卻不曾想過是什麼葉子，那麼重點可能是在葉的諧音，她鍾情的人姓葉。

女孩伸手指著螢幕上的圖案，說：紋含羞草吧。

是她的決心嗎，向對方表白獻身的決心。

他們還沒上床嗎？喆慶讓女孩撩起長髮，她的頸項細而白皙，紋上一枚含羞草葉恰到好處，纖柔美麗。

喆慶熟練的操作，專心想像女孩鍾情的對象雙唇親吻頸項的畫面，那雙手捧著女孩臉龐，雙唇貪婪親吻著白皙頸項的身影，恍惚間彷彿是自己，喆慶嚇了一跳，發現女孩似乎低低啜泣。

痛嗎？

女孩沒回答。

要停一下嗎？喆慶問。

不用。女孩說：我只是難過，他都變心了，我還想留住他。

喆慶心一震，不知道為什麼這句話如此打動他。

女孩走了，他還反覆想著這句話：他都變心了，我還想留住他。所以是她已經分手的情人姓葉。

喆慶不記得女孩的長相，只記得她白皙的頸項以及哭泣時微微顫抖的雙肩。過了一個多月，在電梯裡，喆慶又遇到了女孩，因為熱，她撩起長髮擦汗時喆慶看到了含羞草葉，女孩穿短褲T恤衫和夾腳拖，喆慶想她就住在這，和他同一棟樓？不記得以前看過她，或者是剛搬來，可能和男友分手所以另覓租屋，當然，這一棟三十幾層的大樓有二百多個單位，也不見得所有人喆慶都見過。電梯到二十一樓，女孩率先步出電梯，喆慶就住在這一層，他還猶豫是不是要打招呼，女孩已經毫不猶豫地開門進去了，她就住在喆慶隔壁。

喆慶猛然意識到，他看到的是女孩的頸項，而女孩看到的是他戴了口罩的臉，一雙眼睛還躲在眼鏡後。

南美亞馬遜河域有一支名為克波族的種族，長久以來克波族不但在身上刺出花紋圖案，還在嘴唇和耳朵上穿孔，然後掛上珠子，現在也有人喜歡在身上穿孔，除了常見的在耳緣穿孔，喆慶還看過在肚臍、舌頭、鼻子穿孔的人，克波族以嘴環的長度標誌著社會地位的高低，喆慶胡思亂想著那些生活在城市搭乘地鐵而非在熱帶叢林裡穿梭河流的人，選擇在身上穿孔會不會是因為前世記憶，他們模糊地受到驅使，源於遙遠闊葉林中棕色肌膚垂掛的鮮豔環狀物，如灌木叢裡一隻可振翅飛翔的彩色鸚鵡。

喆慶思索，如果女孩沒看到他的臉，他要表明刺青師的身分嗎？要明確地讓她知道她被自己觸摸過，並且已經在她身上留下難以抹除的痕跡嗎？還是將含羞草這一頁先翻過去，單純以隔壁鄰居的身分認識她。還沒想清楚要怎麼做，喆慶再度遇到她了，是大樓的鹹水管破裂，所以廁所馬桶暫停供水，喆慶從店裡回來時，她正在詢問管理員何時能修好恢復正常供水，他聽見管理員稱她蜜司徐，她姓徐。電梯來了，他們一前一後步入，她按下二十一，喆慶沒按任何數字，她疑惑地看了他一眼，口罩後喆慶喏喏道：我住你隔壁。女孩喔了一聲，表示知道。喆慶把握機會，取下口罩：剛搬來？女孩點頭。附近上班嗎？喆慶又問。不算附近，有點遠，在九龍灣。電梯還沒到二十一樓，喆慶本來還想問她是和家人同住嗎？又擔心自己問得太多，引人反感，猶豫之間，電梯已經到了。女孩掏出鑰匙，喆慶把握機會說：蜜司徐再見。女孩臉上出現懷疑的表情，喆慶連忙解釋：剛才聽到管理員喊你蜜司徐，我姓莊。女孩釋然了，禮貌地招呼著：莊生，再見。

喆慶開門，進到屋裡，關門。他對自己剛才的表現還算滿意，至少他已經認得她了，雖然還不知道名字。他計畫下一次遇到她，當她稱呼他為莊生時，他會大方地回：我叫莊喆慶，喊我喆慶吧，莊生太客氣了。如此一來，她應該也會說出自己的名字，他們的關係也就朝前邁進了一大步，至少知道彼此名字了。

在喆慶如願知道蜜司徐的名字是枋雯後不久，喆慶媽媽也發現喆慶對隔壁女孩有興趣，她興奮莫名、喜出望外，原本對隔壁鄰居並不特別友善的她，開始主動招呼枋雯媽媽，有一回還藉口香蕉買重了，怕太熟，送了一串香蕉給枋雯媽媽，因此有機會多攀談了一會兒，對於剛搬來的這家人也有了基本認識，他們在沙田的屋子正在重新裝修，所以臨時在這租了房子，半年後就會搬回去。

重陽節逢週日，社區辦聯歡活動，去城門水塘郊野公園健行，中午聚餐，喆慶媽媽看到貼出的海報，心中大讚真是天助我也，她立刻拉了枋雯媽媽一起報名，還說好全家一起參加。

晚餐時，喆慶媽媽假裝不經意地說報名參加了社區的郊野公園健行，一個人一百元，有車坐還有飯吃，真值得。喆慶沉默著，喆慶媽媽繼續說：隔壁徐家一家三口也都去。果然喆慶豎起耳朵了，一家三口都去，那就是枋雯會去，喆慶媽媽說：徐家大女兒在上海工作，小女兒在香港，也會一起去。

喆慶聽了先是滿心歡喜，很快就轉為焦慮，桌上的一碟鹹檸蒸烏頭翻著眼瞪他：死怪胎。他放下碗時力道失準，發出好大聲響，碗身傾斜打了個轉，險些砸在地上。他低聲說：我吃飽了，隨即走進房間，開始將手絹送進嘴中咀嚼，關上房門的瞬間，他隱約聽見母親說：說得好好的，這是怎麼了？父親說：大約是因為他那毛病。是的，怎麼辦？他不能邊咬手絹邊行山，但他也沒法忍住那麼長的時間不咬手絹。毛病？這完全不會對別人造成影響的行為，但即使是他父親看在眼裡也覺得是個毛病，遑論他人。

喆慶含著手絹的一角，將另一角放在手中揉捏，他小時候母親曾經希望他以嚼口香糖代替咬手絹，那怎麼一樣呢？他揉著手絹，織物的觸感從手指尖端傳達到他的腦，他焦慮的情緒逐漸平復了，他勇敢地告訴自己，也許枋雯會接受他的「毛病」，畢竟有怪癖的人又不只他一個，這時候枋雯當時說的那句話浮現在他耳邊：他都變心了，我還想留住他。喆慶完全不在意枋雯用紋身的方式紀念之前的愛情，也許枋雯也能不介意他的怪癖。

這樣一廂情願的想法帶給喆慶的樂觀並沒有維持太久，第二天早上一醒來，他就又陷入了焦慮，他買來各種口味的口香糖，哈密瓜草莓西瓜柳橙薄荷，還嘗試著把手絹剪成小塊，一塊放在嘴裡，另一塊放在口袋，可以將手藏在口袋裡搓揉，但還是不管用。晚餐時，喆慶吃得比平常少比平常快，放下碗時他宣布：我不去行山。說完隨即進了房間。

喆慶媽媽感到懊悔，是不是她太著急了，反而弄巧成拙。

她反覆思索，如果喆慶和一個女孩交往，對方在交往前先知道他的這個毛病比較好？還是有好感後再發現比較好？前者顯示對方完全不在意，但是機率比較低；後者多少有點出於無奈而接受吧。還有，女孩的家人是一開始就知道比較好？還是生米煮成熟飯再顯露？她主動約徐家一家爬山吃飯，原是想藉著社區活動人多熱鬧，彼此熟悉後放下戒心，說不定可以用比較開放的態度看待喆慶這沒有傷害性的「習慣」了。

沒想到還沒出發行山，出乎喆慶媽媽意料之外的事先發生了，枋雯失蹤了。徐太太說她整夜沒回家，這在過去從未發生過，電話也沒人聽。喆慶知道以後，心裡又急又怕，他直覺枋雯是去找葉子，葉子是他為枋雯男朋友取的名字，他偷偷跟蹤過枋雯，知道枋雯在哪裡工作，還有枋雯的前任男友在哪上班？在哪健身？他跟蹤枋雯沒有惡意，是為了行山的事異常焦慮的那幾日，一天出門正好看見枋雯上了小巴，他便開車默默跟著，連刺青店也沒開，他發現枋雯利用午餐時間去了前男友公司附近，於是他看見了葉子，壯碩帥氣，那天中午，他偷偷跟在枋雯後邊，枋雯又偷偷藏在葉子身邊。那天之後，他又跟蹤了枋雯一次，是傍晚，枋雯在葉子去的健身房外徘徊了一個鐘頭。

喆慶不知道他跟蹤枋雯是為了鞏固加強自己戒除咬手絹的意志，還是只是因為太過焦慮，無所適從下的無意識行為。

雖然枋雯失蹤，但是一個成年人一夜未歸，還不足以使警方開始調查找人，喆慶卻沒法等，他來到葉子健身的地方，他懷疑昨晚枋雯又在這兒徘徊過，她是希望巧遇葉子嗎？遇到後要怎麼樣呢？已經冷卻的戀情不會因為巧遇就復燃，尤其是當男人變心以後，舊情復燃是女人騙自己的把戲。喆慶在大樓繞了一圈又一圈，他發現大樓後側有一條隱僻的小巷子，旁邊是一家晚上才開業的餐廳，午後時分，陽光和滯悶的空氣使得死巷瀰漫腐敗的氣味，混合了青菜水果肉類雞蛋的複雜惡臭，喆慶一個人在巷子裡搜索，戴著口罩，因為著急，他忘了咬手絹，也忘了發現自己忘了咬手絹。在巷子裡來回走到第三遍時，他竟然在墨綠色的垃圾桶一角看見駱駝色的鞋，他推開並排的垃圾桶，赫然看見枋雯倒在地上，臉上手上還有血跡。

喆慶找到了枋雯，警方卻找到了喆慶。

不是我，是葉子。情急之下企圖辯解的喆慶卻讓警方更加懷疑，他跟蹤過枋雯的事被發現了，警方不相信喆慶是剛巧跟在枋雯後面，就像喆慶也不會相信枋雯是剛巧來到葉子的健身房樓下。

警方證實枋雯被強暴，但是和從喆慶身上採取的精液不符。

喆慶腦中浮現靛青色細巧的含羞草葉，輕輕一碰就會緊緊密合，在遭遇意圖侵犯她的強暴者時，該有多麼驚惶。

警察詢問了徐家人，大樓管理員，還有幾位鄰居。徐家人說：才搬來，幾乎誰都不認識，喆慶媽媽熱心約她們母女行山，沒想到是心懷不軌。管理員說：喆慶從不和人打招呼，總是戴著口罩，電梯監視器裡卻看到他和徐小姐搭訕。鄰居說：喆慶的手常常放在口袋裡，好像在搓揉一個東西，原本並沒覺得什麼，現在想來真噁心，變態。

喆慶知道自己在別人心中是怪胎，但是不知道自己還是變態，並且是有傷害性的變態，他默默低著頭，殘酷地意識到原來能守住無害怪胎的身分，至少還有孤僻的權利。

枋雯身上留下的精液不是喆慶的，只能證明犯案的還有他人，卻不能證明喆慶沒有涉案。

枋雯還在昏迷中，她的前任男友也被找來了，他並不姓葉，名字裡也沒有葉字或諧音字，他叫秦威。他說和枋雯分手五個月了，分手後再也沒有見過她。

喆慶遭到警方拘留，喆慶媽媽幾乎崩潰，喆慶爸爸四處托人想辦法。

喆慶想起以前聽過一個說法，中國刺繡的發展和刺青有關，三千多年前的人敬畏大自然的力量，將日月山川雷電風雨作為家族圖騰，進而刺在身上，後來到了周朝，當時貴族仲雍的孫女改以在服裝上刺繡取代在身體肌膚上刺出圖案，使得中國栩栩如生鮮豔多變五彩斑斕的刺繡得以發展。可是將對自然的敬畏刺在身上怎能跟繡在衣服上相比呢？雖然後者形成了中國風元素，蘇繡湘繡雙面繡各具特色，外國遊客也喜歡繡畫繡花零錢包繡花鞋，刺繡的層面擴大了，但就是因為可以如此廣，深度也降低了。喆慶如此堅信。

很快，枋雯醒了，她說是因為收到秦威發來的訊息約她見面，結果去了見到的卻不是秦威。警方調閱健身房的監視器後，重新鎖定了嫌疑人，他偷偷使用過秦威的手機。

警方釋放了喆慶，離開警局時，喆慶想起當警方詢問他工作得知他是刺青師時，曾語帶輕蔑不懷好意地說：「你知道古代有一種刑法稱為墨刑，要是現在還實施，你倒是可以為自己施行，不必假他人之手。」歧視真是無處不在，而警察對他的不友善是因為他是強暴嫌犯還是因為他為人刺青呢？他的腦中浮現黑社會電影裡古惑仔背上的龍虎翻騰。

嫌犯很快被逮，確實是他的精液，徐家悄悄搬走，大概不希望有人提起枋雯曾經遭人強暴的事，反正他們在此租屋本就只是暫住。喆慶覺得自己明白枋雯的委屈，明明她是無辜受害者，卻得承受別人異樣眼光。而洗脫嫌疑的喆慶，依然戴著口罩，依然將手插在口袋，依然感覺得到身後身側冷酷的視線，假裝無意其實已經刺穿了他。

見不到枋雯，喆慶也已經死心，他看見過秦威以後，只在心裡花了幾分鐘盤算，就覺得枋雯大約是不會喜歡自己的，不管他咬或不咬手絹。

喆慶依然在別人身上刻畫圖案，約莫過了兩年，一個晴朗的下午，枋雯推門進來。

喆慶有點驚訝，原來她知道他是誰？

「一開始不能肯定，後來聽警方說送我去醫院的是一位刺青師，我就確定了。」枋雯說。

「我戴著口罩，你是怎麼……」

「聲音，我從聲音認出的。」

「原來是這樣。」

「謝謝你找到我。」

喆慶點點頭，說：「你現在沒事了吧。」

「沒事了。」

「沒事就好。」喆慶頓了頓：「我可以問你為什麼選擇刺一枚葉子嗎？」

「因為他叫我小葉子，他說那是只有他使用的暱稱。」枋雯停了一下，問：「我回答了你的問題，你可以也回答我一個問題嗎？」

喆慶點頭。

「你為什麼總是戴口罩？」

「因為我習慣咬手絹。」

「咬手絹？」

「是的，從小的習慣總改不了。」

枋雯笑了，他似乎第一次看到她笑。

上一次她走了，他反覆想著她說：他都變心了，我還想留住他。

這一次她走了，他反覆想著她說：謝謝你找到我。

收音機裡播出了一首很老很老的歌：小小一株含羞草，自憐自愛自煩惱，她只愁真情太少，不知道不知道青春會老。

紫荊花

傍晚時分，房間瀰漫著混合了洋蔥的牛肉香味，隋揚喊黎遠吃飯，窗外玫瑰紅的天空站在還沒開燈的房間裡看著特別搶眼。

「你看，外面玫瑰紅的雲霧，好詭異。」她在碗裡給他添了飯，他們沒有上過床，但是吃飯穿衣這些瑣事，卻如老夫老妻般進行。

他回頭看了一眼窗外，完全不為所動，淡淡地說：「是霧霾結合了傍晚的霞光吧。」

山坡開滿了紫荊花，一片鮮豔的紫紅色，同一朵花上有紫還有紅，伸展的花瓣猶如一隻蝴蝶，隨時會展翅飛去。

隋揚踩著花瓣行過樹下，這是南方常見的樹種，從住處窗子可以看到十幾朵樹花，爭相迸放，從春到夏，從秋到冬，終至分不清花季，不過有時花開得繁茂些，有時稀疏些。稀疏時，晚上還可以透過花與葉的縫隙看到月亮。

那時隋揚剛找了一份工作，在超市裡打雜，她最喜歡上貨，將各種不同包裝的貨品整齊擺在貨架上，那讓她有種富足感，速食麵、餅乾、可樂、衛生紙、罐頭分門別類堆疊在自己的位置，充滿整個商店。來這工作以後，她才知道原來貨品要出現在超市裡並不容易，不是製作出來就有機會放在架子上，廠商得有管道，還要付上架費，產品才能接觸到消費者，王組長說：「這是通路的時代。」而她以為這是個網路的時代，大家整日對著手機，連買東西也愈來愈常透過網購。王組長回答：「網路也是一種通路啊。」

為了因應市場變化，超市也推出網購，並且送貨到家。可是隋揚還是喜歡實體店，不論是工作還是自己的生活，她喜歡在實體店購物，買衣服買書買包都在實體店買，她只想擁有自己真正看過並且觸摸過，確實知道符合自己希望的東西。

當然，感情也是如此。

她還沒有談過戀愛，成長在一個網路包圍的時代，她周遭許多人似乎活在虛擬的世界裡，每天對著手機，即使正和朋友一起吃飯，大家還是不斷滑手機。螢幕裡的世界比現實裡的更能引人注意。也許因為這樣，她在現實世界裡始終還沒有遇到戀愛的對象，她從看過的愛情小說和電視劇拼湊出她嚮往的愛情，並且相信那個在遇到她後會愛上她的人正在世界的某處。當然，她知道這樣的想法在這樣的時代是過時的，但是她願意這樣想，這並不影響任何人。

隋揚注意到有個年輕人每天晚上在超市即將打烊前會來，這個時候熟食照例會特價促銷，年輕人仔細挑選滷菜和麵包，買的量應該足夠一個人吃一天，變換的樣式不多，通常買滷雞腿、滷蛋和海帶，麵包則是一般白吐司，盒裝豆腐買一送一時，他也買。基於好奇，隋揚開始留意他，有一天晚上八點只剩下三隻滷雞腿，隋揚還故意收起兩隻，怕他來時賣完了，等到九點一刻，估計他快出現了，才在包裝上貼上特價標籤。她猜想他大約有經濟壓力，所以不得不依靠特價食品節省開銷。隋揚默默關注著他，持續了一段日子，她從沒看過他和別人一起來，總是獨自一人。這一天隋揚輪值結帳，偏遇上收銀機壞了，隋揚第一次當面和他說話：「今天沒法給你發票，你明天再來取吧。」

「如果我明天沒來呢？」他說。

「你每天都來啊，都在快打烊的時候。」隋揚衝口而出，一說完就後悔了，讓別人發現她關注一個陌生男人，多不好意思。

他不置可否，付了錢，拿著東西走了，隔了幾分鐘又折返回來，對隋揚說：「如果你沒有其他顧慮，我幫你看看收銀機，也許我能修。」

再過幾分鐘，超市就打烊了，這會兒一個客人也沒有，隋揚便空出收銀機前的位置，男人靠過去，隨便擺弄了下，居然收銀機就又能運作了，不等隋揚道謝，男人回身就要走，隋揚喊住他：「我補發票給你。」

男人停住腳步。

「祝你中獎。」將發票遞給男人時，隋揚說。

這一次接觸後，男人再來超市遇到隋揚時會點頭招呼，隔沒多久，他索性九點五十才來，正好可以等隋揚下班。

「以後你要買什麼，發個訊息給我，我幫你留。」隋揚說。

「讓你同事發現不好吧。」黎遠說，這是他的名字，他頭一回等隋揚下班時告訴她的。

「不要緊，又不是很多東西。」

他們兩人都住在附近，黎遠會陪隋揚走到樓下，他再回去。有時聊的話題還沒結束，他們就站在紫荊花下說完，路燈從花影樹隙間漏下，隋揚發現黎遠頭上有幾莖白髮，他看起來不超過二十五歲，是少白頭吧，銀白的髮絲藏在黑髮間，在夜裡因為路燈熠熠生輝。

「白俄羅斯一家安全公司最先發現 Stuxnet，那是一種病毒，他們認為這種蠕蟲可能在被發現前已經傳播一年了。其中近60％的感染發生在伊朗，Stuxnet 很可能目的是要破壞伊朗的布希爾核電站。」黎遠這麼告訴隋揚。

「蠕蟲，不是軟體蟲嗎？」隋揚不解。

「這是一種難纏的設計，專門透過網路來破壞電腦。」

隋揚腦子裡出現無數手指大小的棕色軟體蟲，蠕動的模樣讓人作嘔，她不明白電腦病毒如何運作，也不明白為什麼有人要進行這樣的破壞，她小時候看的諜報電影似乎都被顛覆了，竊取情報和破壞敵人的方式有了巨大的改變，不是透過英勇的諜報人員，而是一種非生命體蠕蟲。

「以色列已經離職的內閣成員說，牽制伊朗核計畫的唯一可行方法，就是發動網路攻擊。」黎遠說。

隋揚突然覺得黎遠和自己距離好遠，當黎遠和她說起這些陌生話題時，她喜歡的是那個在超市買特價品的年輕人。

這一天，超市牛奶特價，買一送一，隋揚發訊息給黎遠，問他要不要牛奶，如果擔心喝不完，他們可以一人分一罐。黎遠回覆：「我不喝牛奶，謝謝。」

晚上，黎遠和平常一樣買了麵包和滷菜，他告訴隋揚自己為什麼不喝牛奶：「牛奶的生產來源太不人道了，乳牛的一生就在懷孕和授乳中度過，等她老得無法生產，無法泌乳，就被殺了。為了延長泌乳期，還會使用藥物，而她的孩子卻沒喝到她的乳房分泌的乳汁，人類真是太自私了。」

隋揚聽了，決定自己以後也不再喝牛奶，並且慶幸自己今天因為嫌重沒有買特價牛奶。

黎遠是研究生，相較於隋揚而言算是書讀得多的人了，他很願意和隋揚分享他的知識，並不覺得她無知。

黎遠說，將來他還要讀博士，然後從事研究工作，他希望從海洋中找到無汙染的能源，他說：「能源是二十一世紀需要解決的重大問題，解決不了，不但可能引爆戰爭，地球生態也將更為惡劣。」

隋揚覺得他是個有正義感的年輕人。

這個年輕人喜歡自己嗎？她卻不知道，如果不是喜歡她，他為什麼每天打烊後陪她走回家，但是一個讀了這麼多書的人，會喜歡她這樣從一所程度普通的專校畢業的人嗎？更何況他從未表示過對她的好感，倒是曾經說過她天真，那是稱讚？還是對她的見識淺薄感到驚訝呢？她竟無法分辨。他也沒有牽過她的手，唯一碰觸過的是她頭髮，因為站在紫荊花下說話，花瓣落在了她頭上，他伸手為她取下，她將那枚花瓣夾進了一本書裡。

她沒法在知識面吸引他，和她一起在超市工作的竇姊說：「你沒聽過抓住男人的心，先抓住男人的胃嗎？雖然老套，但是我告訴你還是有用，他天天吃滷菜，早該吃膩了。」

隋揚在網上搜尋，找了許多菜譜，她先做了一道粉蒸肉給黎遠，果然受到好評，又做了炸醬，讓他可以自己下麵吃，隋揚發現自己有做菜的天分，雖然是依照網上的食譜依樣畫葫蘆，做出來卻都還似模似樣，黎遠也說好吃，於是黎遠來接她時，不再買滷菜和麵包，而是幫她拎食材回去，他的腳步不再停留在紫荊樹下，開始隨隋揚上樓，過不多久，他索性退了租屋，搬來和隋揚一同住了。

「你看，這招有效吧。」竇姊說。

隋揚微笑，卻不回答，因為黎遠從未說過喜歡她，更別說愛她了。

隋揚每天吃完午餐去上班，黎遠不上課時，總一個人在家對著電腦，他明年考博士，有許多功課要準備，隋揚這麼告訴自己。

隋揚樓下的洋紫荊花開了又謝，花季總不結束，繽紛熱鬧異常，她不知道她口中的紫荊花，並非生長北方的紫荊花，紫荊花的花朵較小，她樓下的是洋紫荊，而洋紫荊並非獨立物種，它是兩種不同羊蹄甲的混種，和馬與驢交配生下的騾一樣，不具備繁衍的能力。洋紫荊有正式文字紀錄被列入國外的植物學報是在二十世紀初，來自法國的一位神父在香港島薄扶林道發現後，以插枝方式移植至伯大尼修道院。百年後，香港大學的學者於美國植物學會的植物學術期刊中發表研究文章，證實洋紫荊並非獨立品種，混種植物不能自行繁殖，所以如今香港所有的洋紫荊都是當年法國神父發現的那棵洋紫荊的複製品，缺乏基因交換，洋紫荊對病菌的抵抗力較其他經由花粉受精形成種子萌芽的植株弱。不過，洋紫荊的樹皮花梗卻可入藥，有解毒消腫之功效。

一天，黎遠望著窗外和隋揚說起洋紫荊的故事，隋揚專心聽著，聯想起一輩子懷孕生產授乳的乳牛，不具備繁衍能力，卻可以借由樹枝複製生命的洋紫荊是不是要幸福些？

她暫時忘了在看不見的網路裡蠕動的蠕蟲病毒，其實才具備改變人類命運的力量。

黎遠每天晚上到超市接了隋揚回家後，就坐在電腦前，隋揚想大約是準備考試，也沒多問，他總到天亮才睡，中午起來，和隋揚一起吃午飯，所以兩個人的交集也就是一頓午飯，和下班後走回家的二十分鐘。

黎遠搬到隋揚那三個多月了，竇姊提醒：「你們有做好避孕措施吧。」

「你想到哪去了，我們沒什麼，不用避孕。」隋揚有些尷尬。

「你們沒上床？」竇姊驚訝地問。

「沒。」

「你那不就一間屋嘛。」

「是啊，一人一張床，他搬來的時候帶了一隻書架來，就當作是隔間了。」

「你們就一直各睡各的？」

「是啊，他每晚都在準備考試。」

竇姊搖搖頭，說：「我真不知道該怎麼說你們這狀況了，難道就像電視上說的你們這是那個柏什麼圖式的戀情？」

隋揚沉默著，其實她也納悶，或者黎遠並不喜歡她，不過是想一起分攤房租省點錢，就和以前在超市買打烊前的特價出清食品一樣。

這一天隋揚休假，在家燉了牛肉，傍晚時分，房間瀰漫著混合了洋蔥的牛肉香味，隋揚喊黎遠吃飯，窗外玫瑰紅的天空站在還沒開燈的房間裡看著特別搶眼，不是要有颱風的預兆吧，颱風前後超市比平日都忙，而且颱風侵襲時還得照常營業，怪的是不管風多大，總有人來，彷彿等風過去了，超市裡的食品都被別人搶光了。

「你看，外面玫瑰紅的雲霧，好詭異。」隋揚說，在碗裡給黎遠添了飯，他們沒有上過床，但是吃飯穿衣這些瑣事，卻如老夫老妻般進行。

黎遠回頭看了一眼窗外，完全不為所動，淡淡地說：「是霧霾結合了傍晚的霞光吧。」

隋揚認真盯著窗外的天空細細端詳，擔心地說：「不是又出現新的汙染物吧。」

「別瞎操心。」黎遠將紅燒牛肉連同胡蘿蔔、湯汁一起澆在飯上大口大口扒著。桌上只有兩道菜，胡蘿蔔燒牛肉，蒜炒西蘭花，翠綠中加了一點紅辣椒，看著倒也鮮豔。

「像是災難電影的景象。」隋揚說。

「是就好了。」黎遠出乎意料之外地這樣回答。

「你希望是世界末日？」隋揚問，她不解一個希望世界快點毀滅的人還把所有時間拿來念書做什麼。

「我不希望地球毀滅，人類毀滅就行了，這樣別的生物都能活下去了。」

隋揚默默吃著西蘭花。

「就說這霧霾，不就是人類一種生物搞出來的？別的生物不使用能源，不開車，不製造汙染，不發展工業。」

這時候電視新聞上播報的是新出土的漢墓，在墓主的棺木上發現了朱鳥，記者正在訪問一位元歷史學者，學者說：朱鳥並不是我們常說的朱雀，朱雀是火鳥、火鳳凰，頭頂像火把，尾巴的羽毛是散開的，而朱鳥的尾巴羽毛是聚攏的。這一次南昌海昏侯墓出土的鳥在形象上完全一致，朱鳥並且與馬形成組合圖像。靈魂升天和出行的景象自然不同，賈誼在《惜誓》中說：飛朱鳥使先驅兮，駕太一之象輿。蒼龍蚴虯于左驂兮，白虎騁而為右騑。就是說，朱鳥是單獨先飛的，而蒼龍和白虎在朱雀的兩邊。至於朱鳥的方向，既然是升天，那麼朱鳥就在上方，張衡《西京賦》說：若夫長年神仙，宣室玉堂，麒麟朱鳥，龍興含章，譬眾星之環極，叛赫戲以輝煌。根據《西京賦》的描述，朱鳥和麒麟、白鹿、騰蛇等構建的是仙界，因此，朱鳥可為升天者引路，這就是為什麼海昏侯墓上畫有雲紋和朱鳥的原因了。

「這輩子活不夠，還想著下輩子，真是貪心。」黎遠不以為然地說。

「對於相信有來世的人來說，也很正常啊。」隋揚說。

「人的一輩子對地球已經是沉重的負擔。」

「如果有來世，你希望是什麼樣的人？」隋揚問。

「我希望是鯨，但我不相信來世。」

因為黎遠的話，隋揚上網查閱了關於鯨的知識，海洋公園裡的殺人鯨和小白鯨大約是她對鯨所知的全部。她從網上的資料了解到科學家們在巴基斯坦境內發現巴基古鯨的化石，而這顯示鯨原本生活在陸地上，在巴基斯坦北部出土的兩隻巴基古鯨的化石，一隻大小似狐狸，一隻大小似狼，牠們的頭蓋骨像鯨，有脊柱和腿，加上牙齒、並排生長的眼睛、肌肉發達的尾巴、寬大腳趾和只有偶蹄類動物才有的能活動的踝骨，一起構成了原始鯨的完整概貌。由於覓食競爭激烈，巴基古鯨不得不由陸地轉向有水的地方棲息，像鱷魚一樣，突然從水中鑽出來捕食食草動物，久而久之便習慣於水中生活。經過八百萬年，陸上食肉動物進一步轉化為海洋哺乳動物，而八百萬年在整個進化史上只不過是一瞬間。

離開了陸地，以海洋為生存場域的鯨雖然體型變得巨大，卻未能躲開食物鏈頂端人類的迫害，國際捕鯨委員會因商業捕鯨導致鯨數量銳減，一九八六年開始暫時性禁止商業捕鯨，並於一九七九年和一九九四年建立了印度洋鯨類保護區和南大洋鯨類保護區。然而從一九八六年至今，日本、挪威等國改以科學捕鯨的旗號繼續捕殺了超過二萬五千頭鯨。

為什麼黎遠選擇了這樣一種生存面臨危機的生物呢？這和他希望從海裡找到無汙染的能源有關嗎？

考完博士，等著成績揭曉的空檔，黎遠得到了一個兼差，隋揚對於黎遠的家庭背景一無所知，他不說，她也不好多問，他們已經同居大半年了，但是兩個人之間的相處和同居初期沒什麼不同。

「如果你們不是男女朋友的關係，不如趁早結束你們的同居關係吧，免得白白耽誤了你。」竇姊說。

可是隋揚捨不得，她喜歡早上起來忙著張羅吃食，兩個人一起午餐，也喜歡下了班看到黎遠在超市外等她，兩個人一起走回家，她不知道戀愛究竟應該是什麼樣，但是這樣一種簡單的相處，她也不捨得不要。

隋揚想，她是喜歡黎遠的，但黎遠只是將她視為眼前一起生活的人，可以是她，也可以是別人。

有了兼差，黎遠每天早上就得出門，隋揚早早就起來準備早餐，還為他裝好午餐的飯盒，飯盒是保溫的，讓他中午吃，照顧黎遠的生活起居對於隋揚來說很自然，也許這是女人的一種本能。

博士考試結果公布了，黎遠順利考取，他減少了兼差的時間，隋揚特意配合黎遠的時間安排休假，在家做了幾個平日難得吃到的菜，算是慶祝他如願通過考試。正好是電視新聞播出的時間，記者說，流感疫苗發現問題，在全世界各地造成上百人死亡，已經引發多國恐慌，如今醫院已經停止流感疫苗的注射，正追查這一批疫苗的問題是如何發生的。

「以疫苗對抗流感本來就違反自然。」黎遠說時手沒停地剝蝦。

「你的意思是得流感才是自然的？」

「如果那病毒本來就存在於地球上。」

幾天之後，新聞上說有一座機場因為系統遭駭客入侵，不僅航班大亂，還有兩架飛機在跑道上發生碰撞起火燃燒，造成二十七人死亡，兩百三十一人不同程度受傷。

「不知道前幾天的疫苗事件是不是也跟駭客有關。」隋揚有些憂慮。

「怎麼？你關心這事嗎？」

「只是覺得危機無所不在，原本到醫院打個疫苗是小事，卻丟了性命。」

「南來的候鳥遷徙，鮭魚返回原生地產卵，也只是生物習性，卻不知道人類的網罟等著牠們。」

住在一起一年了，隋揚再一次感到黎遠無比陌生，過去在她眼中的博學多聞，如今卻讓人覺得偏執。

這一年冬天，溫度始終不降，都十二月了，白天都還有二十四、五度，穿件襯衫背心就行了，超市旁邊的服裝店叫苦連天，進的外套都賣不出去。終於在耶誕節前降溫了，雖然外套大衣能賣出去幾件，卻因為已經進入折扣季，利潤很有限。隋揚一直想著吃火鍋，之前實在是不冷，把握降溫時機，她買了各種火鍋料，回家和黎遠一起吃火鍋。

超市打烊，黎遠沒在門口等她，隋揚打電話，也沒人接，她覺得奇怪，只好發了訊息給黎遠，說她不在門口等了，開始往回走，也許今天黎遠出門晚了，會在路上遇到。兩大袋食物著實不輕，隋揚後悔拿了那顆特別大的大白菜，原以為黎遠可以幫著提。

一路上沒看見黎遠身影，隋揚只好左手右手輪替著提，終於回到住處樓下，樓上燈沒亮，她心裡胡亂猜測著，進到屋裡，桌上明顯有黎遠留的字條：在學校做實驗，今天不回來了。

不論他究竟愛不愛她，隋揚意識到黎遠快要離開自己了，她應該試著挽留嗎？竇姊說：「挽留他做什麼？白白耽誤你，我給你介紹男朋友，我老公的親戚，不錯的，是大學生。」

隔了幾天，竇姊口中的大學生來到超市買東西，試圖不著痕跡地先見一面，男人身材中等，不高不矮，不胖不瘦，走在人群裡不引人注意，打了照面也很快忘記，想不起他模樣的那種。竇姊說：「這種人最適合做老公，別的女人記不住，誘惑自然少。」

第二天是隋揚休假，男人約她看電影，他自我介紹說叫秦子岸，名字不符事實地充滿文藝腔，言情小說流行的年代出生，媽媽一時興起給取的吧。看完電影，秦子岸又請隋揚吃甜品，回到家已經十一點，秦子岸陪她走到樓下，隋揚偷偷往樓上瞧，黎遠正站在窗邊往下看，隋揚心跳起來，那一刻覺得黎遠還是喜歡她的，他的嫉妒心被挑了起來，隋揚匆忙和秦子岸說了再見，丟下他的那一句：「下次你休假，我們去吃牛排。」

回到樓上，黎遠並不說什麼，沒問她去哪，也沒問送她回來的是什麼人。

過完年，黎遠開學時就搬到學校宿舍了，隋揚正式和秦子岸交往，套用日劇中常見的說法：以結婚為前提的交往，下一個農曆年前，兩個人就結婚了，竇姊非常開心，她和隋揚也成親戚了。

兩年後，隋揚通過進修取得大學文憑，一點不耽誤地還在暑假生下一個兒子，當上超市經理。一天有兩個陌生人，一男一女，來到超市找隋揚，他們趨前問：「黎遠是不是曾經和你同住？」

隋揚點頭，心一下揪了起來，黎遠出事了嗎？

兩人拿出證件，他們是員警，這畫面隋揚不陌生，電影裡常看見，從來沒有想過在自己生活裡會出現。

「我們想問問他的事。」

「他怎麼了？」

「他的人平安，但究竟做了什麼，目前我們還無法透露。你是他的前女友嗎？」

「我們是室友。」隋揚說，她不是為了撇清，而是黎遠從未說過喜歡她，沒有吻過她，甚至沒有牽過她的手。

員警問了一些黎遠讀博士初期的生活情況，然後走了。

黎遠究竟做了什麼？隋揚緊張地胡思亂想，卻毫無頭緒，她打黎遠的電話，關機，她翻箱倒櫃找出黎遠一個同學的電話，對方說，黎遠蓄意破壞研究室裡的一個重要試驗，退學已成定局，不知道會不會惹上官司。

「什麼樣的實驗？」隋揚問，雖然她知道自己很可能聽不明白。

「透過不同物種的基因轉換結合，找到延緩老化的途徑，但是現在電腦中毒，不但所有資料沒了，整個實驗也因為設定的溫度改變全毀了，警方調查發現讓電腦中毒的駭客是黎遠。」

隋揚想到蠕蟲，在她的想像中透過網路啃齧一切，網路是通路，但是出口在哪？她不知道，這通路既可以走向發展，也可以走向毀滅，而她的生活裡只有超市的網上購物和此有關，同樣是購買洗衣粉衛生紙，只不過途徑不同，本質卻並未改變。對於員警的提問，她說自己什麼都不記得了，畢竟是那麼久以前的事，員警沒有懷疑，她沒說黎遠曾經告訴她樓下的洋紫荊並非獨立物種，它是兩種不同羊蹄甲的混種，和馬與驢交配生下的騾一樣，不具備繁衍的能力。

一個星期後，隋揚得知可以去看守所看黎遠，她去了。

黎遠看見她，微微笑了，人瘦了些，精神卻不錯。

兩個人不合時宜地說了些近況，在會面時間即將結束前，隋揚終於問了：「你喜歡過我嗎？」

黎遠點頭。

「那為什麼……」

「因為我不能毀了你的幸福人生。」

隋揚帶著答案回到自己的生活裡，原來他早就決定這麼做了。

終於得到她一直想知道的答案，隋揚卻又不知道是他喜歡自己卻無緣相守比較遺憾？還是他從未喜歡過自己比較遺憾？

山坡依然開滿了紫荊花，一片鮮豔的紫紅色，雖然沒有繁衍的能力，卻一點不影響滿樹的花爭相綻放，伸展的花瓣猶如一隻蝴蝶，但是終究沒能展翅飛去。

補白

從冷凍櫃拿出來的伏特加看起來變得濃稠，卻不會結冰。

那一夜月亮圓了，但是值班室的窗子看不到，被大樓擋住了。

酒的冰點要比水低許多，所以放在零下五度的冷凍櫃不會結冰，並非酒不會凍成冰，只要溫度夠低一樣會，就好像現在這窗子看不見月亮，月亮一樣存在。

一個星期中總有兩三天他會到圖書館，除了借回幾本書打發時間，也到圖書館的報紙期刊室坐坐，那裡雖然不至於座無虛席，擁擠得像是去酒樓飲茶要拿張號碼牌等檯子，但是也經常只剩幾個夾雜在中間不靠走道的位置可供選擇。在閱覽室，他的年紀算輕，一眼望去明顯白髮的人多於黑髮的人，是退了休才有空來這裡看報紙雜誌？還是年輕人都用手機上網，根本不記得地球上還有提供閱讀紙本讀物的地方？

他最常看自然地理類的雜誌，其次是健康雜誌，因此獲得許多奇怪詭譎可能一輩子也用不到的知識，例如：極圈附近的極地苔原氣候區終年接受太陽光照射時間很短，並有極晝、極夜現象，再加上冰面與雪地的強輻射，僅有的一點太陽光往往也被反射出去，而未被反射掉的陽光熱量卻因為冰雪的融化而消耗掉，雖然該地區降水量稀少，但因為蒸發微弱，仍然濕潤，生長著大片的苔蘚、地衣，苔原植物多為多年生的常綠植物，可以充分利用短暫的營養期，而不必費時生長新葉和完成整個生命週期。苔原植物矮小，有些可以開出異常華麗的花朵，花和果實可以在被凍結後解凍繼續發育。他不需要知道這些，知道了也不會使他活得更順利便捷，但是他因此覺得自己與眾不同，他是一個知識淵博的人，所謂知識並不是讓你在日常生活中應用的，在日常生活中應用的是常識。

有時他也看報紙，但是他對新聞沒有興趣，政治社會財經影劇八卦，他都不感興趣，他只對知識類的資訊有興趣，現在這一類的文章在報紙上愈來愈少見。以前的報紙並非如此，那時候，他也算是個作者，常常將在外國雜誌上看到的新知翻譯改寫後投稿，有時會被刊登出來，獲得一點稿費。他有工作，他在新界一處工業大廈擔任管理員，一做十幾年，投稿讓他自覺擁有了一個神祕身分，雖然他從沒寫過任何一篇帶有創作成分的作品，但他依然是一個作者，一個文字工作者。

他從雜誌上看到以前報社有一種工作叫補白，過去報紙編排採用鉛字排版，文章的內容不一定剛好排滿，剩下的空位可能又放不下另一篇完整的作品，就需要有人補白，專門填補各版小塊小塊的空白。上個世紀三〇年代有一個知名小說家的第一份工作就是在報社補白，如果他也生在那個年代，在報社補白就會是他理想的工作，可惜如今已經沒有這樣的行業。

他在工廈做管理員，這一片工廈裡的廠房幾乎都廢置了，只剩下大約兩成還在運作，其餘的有些改為庫房，分割成迷你倉租給需要的人，也有人租下較小的單位說是放置東西，其實根本住在裡面，這是違反工廈管理規定的，但是工廠也會有加班的時候，所以難以取締。還有人租了單位提供私房菜，採預約制，可以包場辦趴，經營者提供餐食和酒，於是，管理員有了額外的收入，眾人心照不宣，將其稱為開門費，夜間出入要麻煩管理員，所以額外給付加班津貼。

這一週他排的都是夜班，早上下工後回家睡了一覺，中午起來草草在樓下吃了一碗潤牛麵，一碗湯麵上堆著滿滿的牛肉和豬潤，牛肉燉得軟爛，豬肝口感鮮嫩但是咬下不見血，吃飽了，他信步走至圖書館。他不像其他同事買馬票，玩遊戲，他喜歡看雜誌，今天他在雜誌上看到有一種深海動物皺鰓鯊，屬於六鰓鯊科，因為這種鯊具有六對的鰓裂，皺鰓鯊的鰓裂構造不像一般的鯊魚看起來平滑，而是呈現出皺摺狀，所以叫皺鰓鯊。皺鰓鯊的體型像鰻魚，這是因應海底地形結構演化而成的。過去科學家認為鰓裂越多的鯊魚越原始，因為魚類是從七鰓鰻演化而來的，可能因為原始的魚類呼吸效率不好，所以鰓裂的數量很多，經過演化後呼吸的效率有了改善，就不需要那麼多的鰓裂，所以如今大多數的鯊魚都是五個鰓裂。然而後來演化生物學家發現六鰓鯊和七鰓鯊並不是最原始的鯊魚，鰓裂之所以比其他鯊魚多，可能是因為牠們大多棲息於深海環境，而深海環境的氧氣濃度比較低，因此需要比較多的鰓裂來進行氣體交換。他想像在漆黑無光的海底匍匐前進的皺鰓鯊，這樣一種生活在深海中有活化石之稱的古老生物，竟然曾經被人類製成魚粉，還好中午他沒吃魚製品。

工廈裡有一家私房餐廳，老闆從義大利來，好像是猶太人，叫 Aulo，會說中文，普通話粵語夾在一起說，餐廳提供義大利紅白酒，比利時啤酒，燒烤澳洲牛肉，煎紐西蘭羊小排和焗波士頓龍蝦，最妙的是，他調製的開胃菜竟然是雞絲拉皮，芥末芝麻醬大蒜都不缺，據說客人很喜歡，聲稱搭配紅白啤皆宜。他當然沒去吃過，花費高昂固然是其中一個原因，人均消費五百港幣起，不含酒，主要還是因為不感興趣，不然嘗試一次他也不是吃不起。來的客人多是三十五至五十歲之間，一夥來辦趴，吃吃喝喝說說笑笑，還有沒有更多細節或出格行為，不是他需要知道的，只要他們不碰毒，如果有吸毒藏毒甚或販毒，那麻煩就大了。

私房菜館並沒有牌照，如有人問，店主便說是私人聚餐，不過是大家分攤菜錢酒錢，不過工廈不能使用明火，所以所有菜色都是電烤箱電爐料理，有一個女人常領人來開趴，他後來聽說老闆讓她抽兩成，一萬塊錢的餐飲費，她可以拿兩千，因為她帶來的人老闆提高了費用。女人很漂亮，大約二十六、七歲，也許實際年齡要更大些，現在的人看起來都年輕，一頭長髮，總是穿著合身牛仔褲，高跟涼鞋，腳趾甲塗著各色蔻丹，皮膚白皙，他猜想女人很少白天出門。他曾經在雜誌上看過一種花，叫作虞美人，和罌粟花很像，罌粟花什麼樣？有一款香水的玻璃瓶裡就有罌粟花，柔媚妖嬈豔紅鮮麗，在古老的中國以罌粟殼入藥，處方又名「御米殼」或「罌殼」，採收後去蒂頭和種子，殼曬乾醋炒或蜜炙備用，種子可以榨油。雲南人還以罌粟殼作為火鍋底料，罌粟殼含嗎啡、可待因、那可汀、罌粟鹼等三十多種生物鹼，可以鎮痛、止咳、止瀉，還可以增強記憶，現在添加屬於違禁食品。至於鴉片則是罌粟果實中的乳汁，取出後乾燥，它的嗎啡含量高，雖然可以緩解心絞痛、動脈栓塞，但長期應用會成癮，產生慢性中毒。

這一晚女人帶了七個人來，四男三女，他們待了四個多小時，離去時，女人給了他兩百元小費，他看見工人拿出來的黑色垃圾袋裡有好多空酒瓶，女人的臉上卻沒有因為酒精而產生的紅暈，她是一朵白色虞美人，他的腦海裡突然浮現這樣的句子。

虞美人和罌粟同科同屬，不同種，外形上和罌粟很相似，但虞美人全株被毛，果實較小，而罌粟花植物莖上有稀疏硬毛，果實較大。如果你以為虞美人沒有毒，那就錯了，虞美人全株有毒，內含有毒生物鹼，誤食後會引起中樞神經中毒，嚴重可致死。

翌日中午，他再度去了圖書館，在閱覽室翻看了兩本雜誌，然後借了兩本書，辦好借書手續離去時，他看見女人走進圖書館，沒有化妝，沒有穿高跟鞋，長髮紮起側垂在一邊，他還是一眼就認了出來。女人也看見了他，微笑說：「沒想到在這遇到你。」

「以為管理員都不看書？」他脫口而出。

她的眉毛輕輕一挑，摺開手提袋讓他看裡面是三本翻譯小說，其中一本他也看過，書名是《黑暗的速度》，講一個自閉症患者的故事。

女人：「你原也以為像我這樣的女人只看時尚八卦雜誌，不看書吧。」

他不置可否，他記得那本書上有一段文字：「黑暗有速度嗎？黑暗總是在那兒等著，這樣說來，黑暗比光快一步。而在已知之前，未知早已存在。」是啊，黑暗本來就在那嗎？還是趕在光之前先一步到達。

幾天後，女人又帶著三男一女來吃飯，趴結束，她和其他人一起離開，大約一個小時後女人又回來了，女人說：「我的鑰匙掉了，回不了家，可以開門讓我找找嗎？」女人說著伸手向他，他知道手裡是塞給他的錢，他沒接，剛才他們離開時，有個男人給了他兩百小費，他說：「收起來，不用了。」打開門，陪女人一起進去找，女人說自己叫莎盟，是日韓混血，可中文說得這麼好？還看中文書？他心裡掠過疑問，女人彷彿猜到，便解釋：「我在香港出生長大。」原來她的韓籍媽媽和日籍爸爸在香港相遇，兩人陷入熱戀，但是男方家裡反對，一年後日籍爸爸回到國內音訊全無，媽媽才發現她已經在肚子裡，韓籍媽媽沒有選擇墮胎，眼前這個亭亭玉立的女人已經說明這一點。她三歲時，媽媽帶著她嫁給了一個來香港工作的美國人，一開始美國爸爸對她很好，兩年後，弟弟出生了，四個人之間的關係開始轉變，後來又生了一個妹妹，弟弟妹妹明顯長得和她不一樣，她完全是亞裔，弟弟妹妹卻是褐髮淺色眼珠白皙皮膚的混血版娃娃，一家人出去吃飯，她覺得誰都看得出來古怪。她在這個家是多餘的存在，終於，十五歲那年，她離開了家，因為她的媽媽和弟弟妹妹將隨著爸爸回美國，她想離家出走可以為他們解決不想帶她一起走又礙於她未成年開不了口的窘境。

他們沿著她方才走出來的路徑細細找了一遍，沒看見遺落的鑰匙，現在怎麼辦？

莎盟說：「這附近有二十四小時的餐廳吧，我等到天亮再找人來開門。」下一個街口有二十四小時的麥當勞，但這麼晚了她得一個人走過去，工廈區這時候罕無人跡，他說：「不然你和我一起待在值班室，現在已經四點了。」莎盟不置可否，隨他進了值班室，自顧坐下，好奇地打量監控螢幕，她指著眼前一圈螢幕跳出各區畫面：「從這裡你可以得到很多祕密嗎？」

「我不需要別人的祕密。」

莎盟笑了：「隨便和我說一個。」

「你們今晚的配菜是蘑菇。」

「大蒜橄欖油炒蘑菇，很好的蘑菇，肥美多汁，但這不是祕密。」

「我說了，我不需要祕密。」他記得地球上有一種地星塵菌蘑菇，學名是 Geastrum triplex，它是一種塵菌，生長在高原上，蘑菇邊緣呈放射狀，中心襯托起一個子實體，那是真菌身上的一種器官，當風吹過時，子實體上的孢子便隨風飛離。美洲原住民過去以地星塵菌蘑菇治病，還用來預測未來的天文現象。他不需要祕密，何況還是別人的祕密。

莎盟和他聊了一夜，她身上散發著酒氣，等到天光大亮，工廈區像是活了過來，人車嘈雜爭相從深黑的寂靜中往外冒。

「你幾點交班？」

「八點。」

「我到麥當勞等你，你交班後過來，我請你吃早餐，謝謝你幫我。」

這算是一個約會嗎？交班後穿梭行過上班人潮的他心裡這樣想著。

翌日午後，他提前來到工廈，問那個義大利老闆 Aulo 有沒有看到莎盟的鑰匙，Aulo 說：「她剛才來拿走了。」

他點點頭，轉身要走，Aulo 說：「昨晚她除了找鑰匙，還說了什麼？」

「沒有，隨便聊聊，怎麼了？」

「我直覺她有別的意圖，才故意落下鑰匙。」Aulo 聳聳肩說。

意圖？什麼樣的意圖？她回來找鑰匙時，以為 Aulo 還沒走？她回來是想找 Aulo 嗎？所以她問他別人的祕密，別人指的是 Aulo 嗎？畢竟這個工廈區莎盟不認識其他人啊。

「她和你隨便聊聊時，有沒有和你說她是日韓混血？」Aulo 問。

他點頭。

「什麼日韓混血？她是港澳混血。」

「港澳？香港和澳大利亞？」他想起莎盟的美國爸爸，混了白種人基因的弟弟妹妹，她說自己是亞裔，看起來也不像有澳大利亞歐洲移民或原住民毛利人的遺傳基因。

「不是澳大利亞，是香港和澳門。」Aulo 說完乾笑了幾聲：「我聽她和帶來吃飯的新朋友說了好幾次自己是日韓混血，莎盟的話隨便聽聽。」

他在新聞上看到，南非有一個百歲人瑞到海裡與鯊同游，新聞上說他勇敢挑戰，而他覺得這根本是活得不耐煩，反正覺得已經活得夠久了，想做什麼都可以去做，就是因此死了也不冤。之前新聞還報導過一位八十多歲的老太太跳傘，記者也說她勇於挑戰，其實就是活得不耐煩。

莎盟沒有理由騙他，因為得不到好處，她大約只是想要讓這假身世一致，但是 Aulo 是怎麼知道的？香港並不大，認識她以前的同學或鄰居的機率並非沒有，不過從另一個角度來看，莎盟出生在九七前，那時香港和澳門都還沒回歸，總算和英國葡萄牙等歐洲國家扯上關係，雖然是殖民地。

午夜，他在值班室看監控畫面，今晚 Aulo 的私房菜館沒有客人辦趴，Aulo 大約十點收拾妥當離開，十二點他看到廚師小唐摟著一個女孩從走廊走過，小唐是西班牙人，外型俊美，女朋友應該不少吧，他低下頭輕吻女孩，女孩雙手環著他的脖子熱烈回應，這屬於莎盟口中的別人的祕密嗎？有一個念頭忽然閃進他的腦海，或者莎盟並非不小心掉了鑰匙，而是故意將鑰匙遺落讓小唐撿取，暗示他來莎盟住處，沒想到小唐不解風情，又或者對莎盟無意。若是如此，莎盟不可能沒有備用鑰匙，回來尋找是想確定小唐已經離開餐廳，且未與她聯絡？或是原以為可以製造巧遇，如果小唐還沒走。那麼為什麼在值班室和他待到天亮？想為日後從他這裡尋找監控畫面裡的蹤跡鋪路，還是只是寂寞？

交班後，他照例去吃了碗艇仔粥和豉油炒麵，然後回家睡覺，下午去圖書館，他走進期刊閱覽室，他想看的雜誌先被人拿去看了，隨手拿了一份報紙，是臺灣的報紙，上面刊登大幅風鈴木盛開的花朵，全島許多地區出現賞黃花風鈴木的人潮，記者引用專家的說法，島上缺水風鈴木反而開得分外茂盛，拚盡全力，因為覺得面臨著生存危機。這是植物繁衍的本能，前幾天經過深水埗南昌公園，沒聽說香港缺水，但是公園裡的風鈴木也是滿樹黃花。他不記得小時候在深水埗看過風鈴木，每年深秋到來年春天倒是紫的粉的白的洋紫荊花開不斷，還有夏天的大花紫薇，風鈴木是紫葳科，大花紫薇反倒不是，是千屈菜科，他胡思亂想著，前方另一張桌子有人起身離去，他看見莎盟坐在更遠一點那張桌子前，剛才剛好被擋住，從他這個角度看不見。莎盟也在此時抬起頭，與他四目相接，莎盟笑了笑，將雜誌放回架上，走過來和他說：「我還沒吃午飯，好餓，一起去吃點東西。」

那時已經是下午四點，他其實也還沒吃午飯，睡醒就來圖書館了，他們去附近一家賣清湯咖哩牛腩的餐廳，但是兩人都沒吃牛腩，莎盟點了番茄豬潤米線搭配豬排雙煎蛋，對一個女孩來說，分量不少，她坐在他面前一邊和他敘說著生活瑣事，一邊慢條斯理地先吃了一枚煎蛋，從外圈蛋白部分開始吃，最後用叉子托起中心的蛋黃一口吃下。然後開始吃番茄豬潤米線，湯碗裡有一整顆切片的中型紅番茄，她一邊吃番茄，有時喝口湯，再叉起豬排咬一口，吃完整碗米線和豬排後，她好整以暇吃完另一枚煎蛋，然後喝掉常餐附贈的好立克。看來莎盟胃口不錯卻不胖，整個用餐過程她沒提起過小唐或Aulo，倒是說起自己一個好姊妹下週要結婚了，她也很想有一個自己的家，生一個ＢＢ。

「你結婚了嗎？」莎盟問。

他搖頭：「結婚好麻煩的。」

「活著本身就是一件麻煩的事。」

「至少不要再增加新的麻煩了。」

莎盟大笑，一口吃掉盤子裡最後一塊煎蛋，那一刻，他覺得莎盟其實很可愛。

初夏，大花紫薇開滿樹枝的時候，他突然想到連著幾日沒見到小唐，原來他被開除了，因為手腳不乾淨，偷換了店裡的貴價酒，Aulo 說：「做這行信譽很重要，雖然很多客人花貴價錢，卻根本喝不出來。」

萬聖節後，Aulo 計畫在私房菜館推出伏特加套餐，每天他都要親自搬進幾箱酒，還有風乾火腿、鵝肝和起士，Aulo 問他：「哪個國家的伏特加最有名？」他回答蘇俄，他其實不知道，他不喝酒，也不了解酒，Aulo：「還有芬蘭、瑞典和加拿大。」所以都是靠近北極圈的地區，寒冷的永夜需要烈酒陪伴打發時間，他想起在雜誌上看到的苔原照片，鮮豔異常的花朵，他知道芬蘭的夏天森林會長出許多漿果，可以做派做果醬，還可以釀酒，所以當地酒鋪售賣各式各樣的漿果釀酒：草莓，黃莓，藍莓，紅莓，黑醋栗，紅漿果，北極莓，他想像玻璃瓶裡鮮豔透明的液體，像是苔原的花朵，Aulo 引進的不是鮮豔的莓果酒，而是透明無色的伏特加，紙箱裡是 Ciroc 伏特加，據說是地球上第一瓶以葡萄釀製蒸餾而成的伏特加，精選的莫札克白葡萄，經過冷發酵程序處理的葡萄酒汁，使 Ciroc 伏特加保有雅致的香氣，喝入口中散發出淡淡的檸檬味，隨後才露出葡萄香。他不知道葡萄釀成的酒也能叫伏特加，Aulo 說，他還從加拿大進了 Crystal head vodka，瓶身是水晶製成的骷髏頭，一瓶要九百港幣，水晶骷髏頭伏特加二〇一一年在伏特加酒的競賽中被品飲者票選為第一名，這酒使用加拿大純淨的冰河水製成，再經過水晶石英淨化，然後最精采的來了，你一定想像不到，淨化後的酒還要以赫奇摩鑽石四次蒸餾而成，所以有人說這是最貴的伏特加，他不明白蒸餾伏特加和鑽石有什麼關係。

Aulo 的伏特加套餐提供六款不同國家的伏特加酒，分別搭配六款佐酒的料理，一份套餐港幣一千二，Aulo 說很多人預訂，莎盟也帶了好幾批客人來，看來 Aulo 賺了錢，莎盟也賺了。這一天莎盟約的趴散了，客人們看起來都有明顯的酒意，莎盟看起來倒很清醒，她送走客人，蹭回值班室，問：「有沒有好立克？」他搖頭，他以為那是小孩喝的，「那麼阿華田呢？」莎盟又問，他說：「也沒有，有可樂，冰的，如果你想喝熱的可以幫你微波加熱。」「就冰的吧。」「你沒喝酒嗎？」「喝了很多，只是我喝烈酒反而不容易醉，因為身體有警覺吧。」莎盟喝了一口可樂，縮了縮脖子，說：「好冰，可是很舒服。」

「我剛才喝了冰凍伏特加，從冷凍櫃拿出來的伏特加看起來變得濃稠，卻不會結冰，喝起來更順口。」莎盟說時望著窗外。

那一夜月亮圓了，但是值班室的窗子應該看不到，被大樓擋住了。酒的冰點要比水低許多，所以放在零下五度的冷凍櫃不會結冰，並非酒不會凍成冰，只要溫度夠低一樣會，就好像現在這窗子看不見月亮，月亮一樣存在。

連續低溫，朋友約他吃火鍋，在旺角遇到小唐。小唐換了家餐廳做，他沒說Aulo怎麼說小唐，反倒是小唐開始說起Aulo。

「你知道常帶人來的莎盟是Aulo的女兒，當然他們沒有血緣關係，莎盟的媽媽帶著她嫁給了Aulo，後來又和人跑了，反倒是Aulo和莎盟在香港繼續生活，他們關係不親，但需要時還是會彼此幫忙，怎麼說也好過外人。」

他默默聽著，關於莎盟的身世，不知道誰說的更接近真實，無所謂，他認得的莎盟是吃一口米線咬一口豬排喜歡好立克會去圖書館的莎盟。小唐指給他餐廳的位置：「有空來吃飯，我請客。」

耶誕節後，Aulo的生意一向很旺，是聚餐的旺季，大約可以旺到三月初，一天夜裡，莎盟送走客人，來到值班室，問他要杯子，他把自己的馬克杯給莎盟，莎盟從皮包裡拿出好立克隨手包，撕開後米白色粉末一股腦倒進墨綠色杯子，他替莎盟注入熱水，給她一支湯匙。

「下星期我要去日本，去找我爸爸。」莎盟說。

他不在意她說的是真是假，只問：「有線索嗎？」

「以前一個老鄰居不久前過世，她的女兒在她的遺物中找到一個地址，說是我爸爸曾經託她寄過一箱東西到日本。」

他點點頭。

「其實我也不知道如果找到了要怎麼樣？和他說什麼？不管是我還是他，大約都會維持原本的生活方式吧。」莎盟停頓了一下，歪著頭看他：「也許我只是希望有人牽著我的手走紅毯。」

「你要結婚啦？」

「沒有，連交往的人都沒有。上次你說結婚太麻煩，如果是我，你願意為了我麻煩你自己嗎？」

他怔住了，還沒有來得及回答，莎盟就先自顧自地笑了起來，大聲說：「你是一個好人。」

莎盟喝完好立克，把杯子還給他，走了。一直到風鈴木開了滿樹黃花，又落盡，大花紫薇在枝頭初探柔軟皺褶的紫色花瓣，他都沒有再見到莎盟。一天，他借了書從圖書館出來，突然想到曾經讀過的文字：苔原植物可以充分利用短暫的營養期，而不必費時生長新葉和完成整個生命週期，所以它們長得矮小，有些可以開出異常華麗的花朵，花和果實可以在被凍結後解凍繼續發育。也許這才是一種進化，盡量減少能源的消耗，而不是像人類這樣，飽嘗美食美酒，大吃大喝再去健身房消耗多出來可能變成肥肉的熱量。

他挺想念莎盟的，不知道她找到父親了嗎？不知道她會不會突然出現在這兒，那天對莎盟關於結婚的問題，他沒勇氣回答，因為知道即使他願意，莎盟也不會選擇他，他們就像酒和水，雖然常溫時看起來都是液體，但沸點和冰點都不相同。

Aulo的租約到期了，房東要漲租金，Aulo和他抱怨，結論是房東漲租他就調漲餐費。他沒回應，工廈的牆角也長著苔癬，低矮翠綠，但他看出了它們的神奇與美麗，簡單卻不卑微地延續著生命，為這個星球補白。

啟蒙者

他記得自己後來又連續點了幾次頭，他其實沒完全明白她的問話，大約是問喜歡她嗎？想看女人的胸部嗎？想摸一下嗎？他覺得自己既清醒又不清醒，後來，她又給他吃了一碗蒸雞蛋。直到現在，一看到蒸蛋，他就聯想到性，雞蛋裡的蝦、蛤蠣和干貝都不會，只有淺黃色布丁似的蒸蛋讓他想到做愛。

一九八七年，場景，大學運動場。

韋深參加四百公尺男子接力賽，初賽成績不錯，進入決賽，他有信心閉幕式上可以拿牌。為了在運動會上爭搶目光，系上統一訂製了運動夾克和鴨舌帽，男女一色的紅白夾克，紅色帽子上繡了企管系系徽。韋深拿到帽子，望著專門請人繡的系徽，心裡有一種異樣的悸動，不是因為這繡出來的圖案，使得這頂帽子不同於市面上其他帽子，有了獨特的意義。而是「繡」的本身，雖然不是手工繡，但是不論視覺還是觸覺都提供了比印花更豐富有層次的審美印象，更符合他的偏好。

一九九七年，場景，古典優雅的法國餐廳。

汪稚青準備和女朋友求婚，他們交往兩年了，是時候邁向另一個階段，他挑選女朋友最喜歡的餐廳，依照電影的橋段，請餐廳服務生在上甜點時送上玫瑰花，然後他會從口袋掏出戒指，是的，口袋，他怕戒指放在甜點上被女朋友不小心吞下肚。雖然這橋段有些俗氣，但他覺得女朋友會喜歡，坐在餐廳等女友的他不經意看到白色餐巾上用黃色的線繡了餐廳的 Logo，他輕輕觸摸突起的圖案，心裡微微的悸動，久遠前的成長記憶，如今他要擁有自己的妻子了。

二〇〇七年，場景，窗外有著璀璨夜景的五星飯店。

成樊明出差上海，清晨的飛機，抵達後就開始漫長的會議，然後是晚餐，接下來續攤，午夜十二點才終於來到旅館辦理入住，這時距離他早上出門已經二十個小時，疲乏已經不足以形容現在的感覺，踏入房間看到沙發他整個人癱軟，好一會兒才感覺脖子後痠得慌，他伸手抓了靠枕放在頭下，指尖觸碰到靠枕角落繡的雲朵圖樣，一線一線密密堆疊起的曲線，他幾乎忘記卻不可能忘記的感覺，在這一刻湧上心頭。

一九八二年，場景，鄰近臺灣中部小山城的安靜村落。

中學生的校服上胸前繡著深藍色的橫槓，這橫槓數目代表學生的年級，先在學號邊的中間繡一橫槓，也就是一年級，第二年順利升級了，就在原本橫槓的下方再繡一橫槓，如果留級了，就不用繡了。學號的頭一個數字是入學年度，因此若是留級生，一看便知，當然這個設計應該不是為了辨別升留級，不過是方便知道學生的年級歸屬。韋深、汪稚青和成樊明升國三的暑假，村子裡搬來了一個陌生女人，看著不到三十，其實已經三十出頭，聽說離了婚，孩子跟夫家，於是她獨自來到這開始新生活。女人在住處開起小裁縫店，做式樣簡單的衣裙，也修改衣服，還繡學號，於是村裡的孩子們不用再坐三站公車到市場繡那一條橫槓，開學和換季前走個一段路到她那兒就行了，她讓孩子都喊她玲姊，這稱呼和年齡輩分無關，比較像是一種品牌概念，因為凡是去找她做衣服改衣服的人，從幾歲的兒童到幾十歲的歐巴桑一律喊她玲姊。

汪稚青國中時成績並不好，爸媽總擔心他考不上好高中，他自己倒不擔心，壞高中也得有人念啊，他這樣想。國二順利升上國三，汪稚青鬆了一口氣，念爛高中他不在乎，但是他可不願留級，因為眼前這個國中讓他覺得無比難捱，無聊沉悶到只剩老師寫黑板時發出磨人神經的吱吱聲，他只能勉強再忍一年，不然他覺得自己爆開都有可能。

開學前，稚青拿著校服去玲姊那裡繡一條橫槓，雖然只有大約一公里路程，他還是騎腳踏車去，出門前媽媽叮囑他回來時順便買塊豆腐，晚上要煮味噌湯。八月底，午後四點依然燠熱難當，太陽潑灑在身上，時間一久甚至覺得灼痛，他踩著腳踏車來到玲姊家，是一棟四層樓公寓的一樓，兩房一廳，客廳便作為工作室，窗邊擺著縫紉機，窗簾是玲姊自己剪了布車的，紅白的花樣使得屋子有了種明亮的美式風格，一進門是一張大桌子，可以畫圖樣剪布，桌子原本是什麼顏色已經無法分辨，玲姊將它刷上了兩層白漆。門是開著的，門邊一盆九重葛紫紅色的花朵開得正豔，滿樹的花發狂了一般綻放。稚青逕自推門進屋，桌子上擺了幾塊花布，牆上還掛了兩件剛做好還沒取走的連衣裙，看來玲姊的生意還可以。

「繡學號？」玲姊微笑問。

稚青點頭，將校服從袋子裡掏出放在桌上。對於稚青這樣年齡的孩子其實難以判斷女人年紀，他只覺得玲姊比媽媽年輕，比姊姊大。玲姊瞅著他，他被瞅得有點難為情，玲姊指著茶几上一盤葡萄，說：「吃葡萄，剛洗的，很甜。」

稚青搖頭，玲姊便又問：「不喜歡吃水果？那喜歡吃什麼？」

稚青不語，玲姊說：「喜歡可樂雞翅吧，改天我有空，做給你吃，好不？」

稚青依然不語，玲姊開始在他的校服上繡那一條槓，一眨眼功夫就繡好了，玲姊把衣服遞給他，他伸手接時碰到了玲姊的手，他慌張地鬆開，衣服便掉到了地上。玲姊彎腰撿起衣服，衣服的前襟隨著她前傾的姿勢往下沉，於是可以清楚看見放在胸罩裡的一對奶子，白皙柔軟，讓人渴望碰觸，碰觸後還想揉捏，玲姊笑著將衣服放進稚青的袋子裡，故意逗他：「你是真的這麼害羞嗎？」

稚青掏出錢放在桌上，拔腿就跑了，他忘了買豆腐就回家了，媽媽見他只拎著衣服，不滿地念叨：「你是沒帶腦子出門嗎？豆腐呢？」稚青心旌蕩漾，哪裡還知道豆腐，慌忙扔下衣服，說：「我現在就去買。」

那天之後，他放學回家常故意騎著腳踏車繞到玲姊門前，多數時間只能看到半掩的門，偶爾看見玲姊，他又慌亂地離開，腳踏車踏板踩得飛快，他感覺自己背上身上發熱，彷彿看到玲姊在他身後抿嘴笑，其實是看不到的。

一天，他又繞到了玲姊門口，玲姊喊他：「我做了餡餅，還熱的，來嘗嘗。」稚青停下，並沒有下車，用腳撐著車，兩手撐著車龍頭，屁股也還在座墊上。玲姊望著他，臉上有淺淺的笑意，說：「洋蔥豬肉餡的，我做的多了，自己吃不完。」

稚青像是找到理由了，他只是幫忙吃多出來的豬肉餡餅，屋裡漂浮著食物溫暖的香氣，玲姊在碗裡放了兩個餡餅，一咬開，滿嘴的湯汁，豬肉香洋蔥甜，他很快吃完兩個餡餅。

「我做的餡餅好吃嗎？」

稚青點頭。

他記得自己後來又連續點了幾次頭，他其實沒完全明白玲姊的問話，大約是問喜歡她嗎？想看女人的胸部嗎？想摸一下嗎？稚青覺得自己既清醒又不清醒，後來，玲姊又給他吃了一碗蒸雞蛋，裡面有蝦、蛤蠣和干貝。

出來時，他已經不是處男了，進門時還是，那時距離他國中畢業還有兩個月。

稚青飛快地騎車回家，趕在太陽落下前，媽媽正端著炒好的菜往桌上擱，看見稚青說：「今天回來得比較晚。」

「我讓同學教我數學，幾何，我總弄不懂。」

「不懂的要問老師，同學能教你，也很好。快洗洗手，吃飯了。」

稚青滿腦子是剛才動作的片段，他還沒搞清楚，但是在玲姊的引導下，又似乎本來就知道怎麼做，他和同學一起看過A片，只差實地操演。坐在飯桌前，他以為自己會沒有胃口，不想卻依然覺得餓，彷彿剛才吃的餡餅和蒸雞蛋都已經消耗完了。

高中聯考放榜，稚青果然沒考上前三志願，落在了第四志願，媽媽有點失望，她原希望好歹考上二中。爸爸試著寬慰媽媽，可能也是寬慰稚青，好好念，一樣能考上好大學。

高中距離稚青家挺遠，沒法騎腳踏車，坐客運車還要再換公車，他每天六點十五分出門，要到八點才能回到家，只有週末才可能找到機會溜去玲姊那，而且不是每個週末都有機會。到了高三，爸爸說來回坐車浪費太多時間，學校附近有專門租給高三生拚聯考的宿舍，於是他搬到了學校旁邊，除了過年回家，去過玲姊那一次，就再也沒去過。等他考上大學去了臺北，漸漸也就很少想起玲姊。學校雖然只是所不特別好的私立大學，但畢竟新鮮人的生活是熱鬧繽紛的，而且離家在外的他很快交了女朋友，為了方便約會，連暑假他也藉口留校打工，沒回中部老家。

時間過得很快，原本的學生離開學校進入職場，有了自己的家，自己的孩子，但偶爾也會想起自己的年少，儘管已經過去很久，想起時卻又清晰明亮，尤其是孩子繡學號的時候。

二〇一七年，場景一〇一大樓邊信義計畫區。

稚青在街上遇到韋深，他結婚的時候韋深也有來，後來兩人都忙，不知不覺好幾年沒有聯繫。

「難得巧遇，喝杯咖啡聊聊。」韋深拉著稚青進了路邊一家連鎖咖啡店。

兩個人略敘近況，韋深突然說：「玲姊前幾天過世了，你有聽說嗎？」

突然聽到玲姊，稚青心頭一震，雖然兩人從沒談過情感，但畢竟是和自己有過親密關係，一時間青澀歲月的好奇壓抑荒唐莽撞種種心緒紛湧。

突然且複雜的情緒讓稚青對於韋深傳遞的消息不知該如何反應，便沉默著。

韋深誤以為稚青沒想起來，提醒道：「那時我們都到她那繡學號啊。」

「玲姊搬離村子很久了，你和她有聯繫嗎？」稚青問。

「她離開村子後，住在臺北，我遇到過她，還一起吃過一次飯。如今她都不在了，我卻很感謝她，她幫我建立了自信。」

高中的時候，韋深談了半年的初戀不但突然告吹，他還看見自己心愛的女孩坐在學長的摩托車後座，雙手環抱身高一八〇的新男友還嫌不夠，臉頰貼在背上，不消說胸也緊貼著。韋深又氣又傷心，也許還有點難堪，面子上掛不住，他一路跑，跑到沒人的地方，因為不知道怎麼發洩胸腔爆漲的憤恨，只能搥牆，他被拋棄是因為自己長得不夠高大嗎？一六八的身高，的確不是女孩子心中的理想型，如果他也能長高些，是不是她就不會移情別戀了？

「這牆怎麼對不起你了？你要這樣搥它。」

韋深回頭看和他說話的是玲姊，可能是氣憤加上委屈，總而言之，他竟然在玲姊面前崩潰痛哭起來。玲姊將他拉進她那只有一巷之隔的屋裡，沒有用言語安慰他，而是溫柔地擁抱他，彷彿他還是個孩子。韋深覺得柔軟的身體所提供的接觸比安慰的話語更受用，但是他畢竟不是個孩子，血氣方剛的十七歲，於是他將童貞給了玲姊。了解了男女之間那回事之後，韋深突然覺得自己不一樣了，他不再將失戀當成天塌下來那般嚴重，而將其視為一種人生歷程，在歡愛的時候，玲姊熱情地撫著他赤裸的背脊，在他耳邊說：「將來一定很多女孩喜歡你。」是的，玲姊經歷過別的男人，她說的才是事實，變心的小女友根本還不懂得分辨男人的品質。

果然，上大學之後，談吐幽默又懂得體貼女孩心理的韋深總能追到心儀的女孩，他的身高還是一六八，卻不影響他在愛情之路上的發展。和女孩的關係他寧願循序漸進，從來不急著開始肌膚之親，因此和他交往過的女孩都覺得他是個懂得尊重異性的人，即便最終分手，也都能不口出惡言。如今韋深結婚了，婚姻生活幸福，在結婚前的幾段戀情也浪漫甜蜜。而所謂初戀的傷痛，後來韋深回想，發現那甚至不能稱為是初戀。

稚青聽了韋深訴說的往事，先是訝異韋深也和玲姊上了床，繼而又想，這有什麼好訝異，如果玲姊會和他上床，當然也可能和別人。

「玲姊的告別式在下週，你去嗎？」

「既然知道了，就一起去吧。」

告別式那日，稚青一早穿著黑西裝出門，妻子問：「你穿成這樣去哪？」

「以前的鄰居過世了，今天公祭，前幾天遇到韋深聽他說的，就約了一起去。」

「你們還挺重感情的。」妻子說，語氣中透露出讚許。

稚青和韋深約在殯儀館門口一起進去，這是他們第一次見到玲姊的一兒一女，比他們小十幾歲，韋深說：「玲姊的孩子成年後，可以依照自己的意願和母親來往，所以她就搬回臺北了，晚年並不寂寞。」

稚青看著玲姊放大的照片，往事熟悉溫暖地一幕幕浮現，原來他都沒有忘記。玲姊的女兒穿著孝服立在靈堂一側，三十幾歲的她和當年的玲姊長得一個模樣，稚青正出神想著，有人從後面拍了他一下，稚青回頭，是成樊明，他們有二十年沒見了吧。

「你也來了？」稚青有點訝異。

「當然要來，我吃了玲姊好多蒸雞蛋哪。」成樊明說。

「蒸雞蛋？原來你也……」稚青脫口而出。

「什麼？你們都……」韋深先是吃驚，接著不滿他們都瞞著他，但是隨即意會，也就釋懷了。

三個人臉上表情飛快地變化著，最後浮現淺淺的會心一笑，別人看不出來也讀不懂。

每次完事，成樊明都會吃到一碗蒸雞蛋，直到現在，一看到蒸蛋，他就聯想到性，雞蛋裡的蝦、蛤蠣和干貝都不會，只有淺黃色布丁似的蒸蛋讓他想到做愛。

那一年成樊明留級，高二讀了兩年，所以頭一回他沒去繡學號，經過玲姊門口，她正好出來澆花，看見樊明，她已經想到他沒來繡學號可能是留級了，便沒提這事，只說：「我家裡櫃子的門軸鬆了，你個高，可不可以幫我扭緊？」成樊明隨玲姊進屋，剛因為留級挨了爸爸一頓臭罵的樊明滿肚子冤，誰想不及格啊，不是不會嗎？他真恨爸爸執意要他念理科，他數學本來就不好，現在好了，理化也跟不上，末了成績不及格都是他的錯。

成樊明修理好櫃子，玲姊從冰箱端出綠豆湯給他，說：「夏天喝這個消火。」

樊明一口氣喝了，他正滿肚子火，一碗綠豆湯澆不熄。

也許是玲姊的溫柔，也許是暑假沒繡成那條橫槓的怨氣，他糊裡糊塗就趴在了玲姊身上，衝撞中多少發洩了怨氣。等他虛軟地滾到玲姊身側，他意識到自己闖禍了，心裡著慌，玲姊會告訴他爸媽嗎？如果爸媽知道了這事，後果肯定比他留級更嚴重。樊明不知所措，想開口道歉，又覺得這事的嚴重性明顯超過道歉所能解決。玲姊卻很快扣好胸前的扣子，拿了一條濕毛巾讓他擦拭，然後就去廚房蒸蛋。當她端來蒸蛋給他時，他低著頭用輕到幾乎連自己都聽不到的聲音說：「對不起。」玲姊像沒發生任何事一般地對他說：「沒事，快吃吧，吃完了回家。」他愣住了，不明白玲姊的意思，玲姊說：「不就是留級嗎？你現在覺得留級很糟糕，等到你三十歲，會發現不過是晚一年畢業，沒什麼大不了。」

玲姊見他仍在發愣，便把湯匙遞到他手裡，見他很快吃完蒸蛋，姿態尋常地問：「好吃嗎？」

樊明點頭。

「那好，有機會再來吃。」

看似荒唐的蒸蛋像是有魔法，陪伴他們度過原本可能更衝動更莽撞更不知所謂的青春。

不知道是不是因為反正捅了漏子，與此相比，留級轉組都沒那麼嚴重，樊明反而把心一橫，留級時申請了轉組，沒告訴爸媽，先斬後奏囉，也還好他突然有了勇氣，後來才能考上國立大學，還是前五志願，繼續勉強讀理組，高中可能得念五年。

後來，成樊明想，每次完事後，玲姊沒叫他去洗澡，可能是怕帶回家裡不同牌子的香皂氣味反而更叫人起疑。

「我們村不是只有我們三個來，你看。」韋深說。

稚青順著他的眼神，看見了比他們低一屆的兩個學弟，都是附近鄰居，同一個小學同一個國中一路玩上來，韋深過去和他們打招呼，他們說還有幾個同村的人來，正在外面抽菸。

清一色的中年男子，他們村沒有女人來，一夥人傳遞眼神，個個心領神會。

公祭開始，司儀唱名，他們一行人便以村名登記，唱到時，八個黑衣男子列隊鞠躬，稚青的感傷轉成安慰，她曾經陪伴著他們成長，聽說了來到告別式的是八個，沒聽說的不知道還有幾個？或許玲姊也並不寂寞吧，這是什麼樣的緣分？如果沒有玲姊，他們的人生可能也會不太一樣吧。

司儀喊：「一鞠躬。」

稚青深深彎下腰。

「二鞠躬。」

韋深在心裡說：「謝謝你，玲姊。」

「三鞠躬。」

八個男人和自己的年少時光道別。

「家屬答禮。」

人們常常不知道當下遇到的人、發生的事意味著什麼，又會有怎樣的影響？其中有些我們後來知道了，有些我們一輩子也沒明白。

但就是如此，我們懵懂地了解著人生。

日出日落

他們每天中午一起在教室吃家裡帶來的便當，維黎的媽媽手藝特別好，打開飯盒的蓋子，維黎讓亮亮先挑喜歡的菜，然後還幫著吃完亮亮的飯盒中她不想吃的菜，那時候亮亮以為維黎這樣對她就是一種愛。

亮亮出生在西岸，濱海城市長大，學校放學後踩著夕陽回家，她總愛故意繞遠路，為了看看海上落日，一望無際的波光熠熠，金燦燦的橙紅色直延伸到地平線那頭，還是中學生的她相信世界上沒有比眼前更華麗絢爛的景色。晚霞讓她平靜，餘暉映照下的海面使得她能夠很快並且願意忘記白天曾經發生的挫折、誤會、欺騙、愚弄、失望等種種不愉快。

她以為自己是一個樂觀開朗的女孩，並不知道是海上落日為她施展了魔法。

十九歲，亮亮在一千公里外的W城找到一份工作，於是離開家，W城不靠海，聞不到海的氣味，市場裡的海魚海蝦都是冷凍過的，海帶海藻曬乾了被折疊起來封在透明的袋子裡出售，陽光曝曬蒸發出植物的水分，帶著鹹味的風吹過，將僅餘殘留的濕氣也帶走了，不情願的委屈折了又疊，對海洋的想念也一起折進脈絡，煮湯時在加了鹽的熱水裡舒展，勉強恢復一點記憶。

亮亮並不特別喜歡新工作，那麼為什麼要為了這份工作離家那麼遠，沒來之前，她以為自己會喜歡的，穿著窄裙高跟鞋站在櫃檯後方，為入住飯店的客人登記資料，亮亮年輕漂亮，常有客人藉故在櫃檯多聊幾句，甚至在退房時想要亮亮的電話。這些人來來去去，有些因為商務因素定期出現，彷彿海邊的漁汛，亮亮原以為這樣的生活新鮮有趣，很快發現所謂的變化，時間久了也成為一種一成不變。但是，想念西岸的她並不想回到家鄉，人生往往這樣，有些東西只能放在記憶裡想念，即使思念讓心疼痛，卻不一定適合朝夕相伴終日沉浸，勉強留在身邊，也如生刺的荊棘般無法靠近。她勸自己大城市裡的機會總是多一些，卻不知道自己想要怎樣的機會？

飯店櫃檯採輪班制，早班早上六點到下午兩點，午班下午兩點到晚上十點，晚班晚間十點到清晨六點，不論輪哪一班，亮亮路上都看不到濱海夕陽，沒有燦麗的海上落日晚霞讓她能夠忘記白天曾經發生的挫折、誤會、欺騙、愚弄、失望等種種不愉快，她意識到自己原以為擁有的樂觀開朗，原來不是她與生俱來的本質。三班中晚班最輕鬆，早班退房的客人多，午班住房的客人多，但是多數同事不喜歡輪晚班，尤其是已經結了婚的同事，亮亮無所謂，她願意搭乘早班公車回到住處，路上吃一碗熱乾麵，踏踏實實將白天睡盡，然後去市場買歇市前特價出清的魚和青菜，給自己做一頓簡單的晚餐，再慢慢搭乘公車去上班。冬季時，六點天才開始亮，看不到海上晚霞，至少還能看看江上朝霞。於是凡有同事想和亮亮換班，她都答應，漸漸地她幾乎全成了晚班，夜色將她浸泡得透明沉靜。

一天夜裡，十二點來了一個沒有事先訂房的客人，他看起來很疲累，彷彿經過長途的奔波，他拉著鐵灰色拉桿箱站在櫃檯前，問還有沒有空房？亮亮知道有，他們飯店一年中只有幾小波旺季會沒有空房，但她還是依照公司流程回答：我幫您看一下，請您稍等。好讓客人有一種飯店生意不惡的印象，亮亮對著電腦，詢問：大床房，好嗎？客人回答：好。拿出證件給亮亮登記，他叫席陽，亮亮心想這名字挺特別的，到飯店工作後，每天為人登記資料，她發現各種奇怪的名字都有人取，見都沒見過的字，但是即使家長用盡心思，重名的人也還是出乎意料得多，所以這是一個有趣的兩極，出人意料的名字，以及重複的名字。席這個姓本身不算常見，但是陽卻是名字中常用的字，主要引起亮亮注意當然還是因為和夕陽諧音。

下半夜沒有人進來飯店，偶爾有遲歸的住房客人，亮亮默默望著玻璃門外的街道，逐漸由漆黑轉為深藍，透出曙光，六點，亮亮下班，夏季的六點，天已經完全亮了，她覺得今天特別餓，換下制服後，亮亮在飯店邊的早餐店吃蛋餅，正吃著，席陽走了進來，看見她，指著她對面的凳子問：「我可以坐這嗎？」

亮亮點頭，嘴上卻說：「飯店提供早餐。」

「我知道，但是七點才開始，我趕著出門。」席陽要了包子、豆漿和油條，他用油條沾豆漿吃。

亮亮看見炸得金黃的油條浸泡在白色的豆漿裡，一會兒豆漿上便漂浮著一層油，折射出五彩的顏色，好熟悉的畫面，好熟悉的味道，為什麼呢？亮亮一陣暈眩，很短暫，短到像一個錯覺，然後維黎這個名字出現在她腦中，維黎也喜歡油條沾豆漿，他說炸得鬆軟的油條會吸入豆漿，吃來特別香甜。亮亮怔怔地看著，她曾經每天早晨和維黎一起吃早餐，一起上學，怎麼這會兒才記起他，她似乎很長一段時間沒有想起過維黎了，從來到W城就沒想起過，或者更早之前就沒想起過，維黎的成績很好，應該在哪讀大學吧，在哪呢？亮亮怎麼會想不起來？

席陽很快吃完，留下一句再見，匆忙走了。

晚上，亮亮安靜地站在櫃檯後，十二點，席陽進來了，看起來和昨天一樣疲憊，顯然是在外奔波了一天，他看見亮亮，朝她點點頭，逕自往電梯走去。亮亮白天睡得不好，因為一直想不起來維黎在哪讀大學？她來到W城時，換了新的電話，以前同學的手機號碼都遺失了，高中畢業後，考試沒考好，很長一段時間她都不想和以前的朋友聯繫，接下來，她放棄了讀大學，原本以為那是自己人生的目標，放棄後，亮亮更覺得沒有必要和以前為此目標共同奮戰的同學聯繫了，他們還在原來的軌道，自己卻已經偏離了。

終於，亮亮失去了大家的消息，連維黎也沒了聯繫。

十七歲的她一定想不到有一天她會失去維黎的消息，他們同學六年，當他們發現兩人上了同一所高中，還分到了同一班，真是興奮得不得了，維黎開始在巷口等亮亮，兩個人一起騎單車去學校，一起吃早餐，中午一起吃家裡帶來的便當。上了高二，學校開始輔導課，以前五點放學，現在要到九點，中間只有一個小時吃晚餐，亮亮喜歡看落日，尤其是如果那天拿到的成績不理想，她要看了落日，才能打起精神繼續努力。維黎願意帶著晚餐陪她騎十分鐘車，在海邊吃完，再騎十分鐘回學校上輔導課。

十年修得同船渡，亮亮思索，連搭乘同一艘船都得修上十年，那麼日日同食，他們曾經累積了多少緣分。

落日雖然天天都有，卻不是天天看得到，陰雨的天氣自然看不到，即使是晴天，也不一定就能看到，有時候太陽還沒落到海面，海面先起了雲霧，美麗的落日便硬生生被擋住了，遇到了這種時候，亮亮便更加沮喪，心裡浮現起那句成語：烏雲蔽日，其實不只是烏雲，雲霧都能蔽日。維黎聽了她的抱怨，勸慰說：「晚霞也很美啊。」

但是晚霞再美，對亮亮來說，都比不上亮澄澄渾圓豔紅的一枚落日，維黎說：「難怪你叫亮亮。」

亮亮高三時，爸媽分居，起初是爸爸有了外遇，一直瞞著家裡，紙包不住火，還是被媽媽知道了，為了不影響亮亮，兩個人儘管冷戰熱吵不斷，總還是避著亮亮，亮亮不是沒感覺，只是不知道能怎麼辦，她的心裡惶惶不安，唯一可信可依賴的只有維黎。爸媽原本希望勉強撐到亮亮考完大學，亮亮離家上大學後，他們再開始談離婚，沒想到，高三的時候，媽媽也有外遇了，雖然先發生外遇的明明是爸爸，可是面對綠雲罩頂，他歇斯底里失去理智，兩個人大打出手，媽媽於是決定搬出這個家，就連表面的騙局也維持不下去了。四月裡的一天，媽媽來學校找亮亮，給了亮亮一個新電話號碼，她說受不了亮亮爸爸，只能搬走，媽媽說：「有任何事，打給媽。」

媽媽走了，背影是剛剛凋謝的桃花，不是說人間四月天最美嗎？亮亮卻打從背脊覺得寒涼。傍晚，亮亮踩著單車拚命往海邊趕，她失去了家，她一定要看到落日，雖然爸爸說，一切都不會改變，爸爸還是她的爸爸，媽媽還是她的媽媽，但是她知道，很快他們會有各自的家，爸爸有新的妻子，媽媽有新的丈夫，很可能他們還會有新的孩子，怎麼可能一樣，他們會發現亮亮是多出來的，所以他們現在一心期盼亮亮到外地上大學，愈遠愈好。

亮亮一個人在海邊，落日沒有依照她的期望出現，反而任性地落在了雲的後邊，不顧亮亮哭泣，這時候，有人從身後抱住亮亮，遞給亮亮一塊水果塔，香酥的塔皮裡是濃郁的鮮奶油，上面倒扣著半個罐頭水蜜桃，維黎說：「你看，這水蜜桃和落日一樣渾圓鮮豔，而且黃橙橙。」亮亮終於放聲大哭，一邊抽泣地說：「你好傻，水蜜桃怎麼能和落日一樣。」

亮亮回憶著濱海小城的青蔥歲月，她依然記得水蜜桃在口腔裡的香甜滋味。後來，亮亮沒考上大學，爸媽的分居已成定局，沒多久就離婚了，再沒多久，兩個人比賽似地趕著再婚。沒能到外地上大學的亮亮，於是到了外地工作。玻璃門外的街道透出光亮，由墨水藍轉為牡丹紫，再轉為橘子黃。不知道是不是想得太專心了，下班後的她竟然覺得有些虛脫，她決定先去吃碗熱湯麵，要多加醋和辣椒，用味蕾的刺激喚回失神的自己。正吃著，席陽又進來了，這回他沒有問亮亮的意見，直接在亮亮對面坐下，同樣是豆漿油條包子，同樣油條沾著豆漿吃，吃完，他說：「你帶我去哪轉轉，行嗎？我來總是洽公，哪都沒去過。」

亮亮因為意外，一時不及反應。

「我中午的飛機離開，你再回去休息。」席陽看了看手錶：「四個半小時，能去哪？」

其實，亮亮對W城也陌生得很，她來工作六個月了，休假的時候也只是逛逛街，採買些日用品，上班時穿制服，她連新衣服都很少添置，對於席陽的提議，亮亮眼前想的不是答應不答應，而是，能去哪？

「你如果不知道，就我拿主意囉。」

席陽結了帳，伸手攔車，告訴司機去市郊的一片湖，湖面漂浮著布袋蓮，綻放著紫色的花朵，席陽問：「這兒你來過嗎？」

亮亮搖頭。

「我喜歡湖，不喜歡海，湖水讓人覺得寧靜。」

「海呢？」

「波濤洶湧，有大白鯊有海嘯，還有諾曼地登陸。」

「諾曼地登陸？」亮亮不解。

「二次世界大戰的一場著名戰役，你不知道嗎？敵人常從海上來啊，搶灘偷襲。」

「湖裡有水怪啊。」亮亮笑了。

「所以你喜歡海？」

亮亮點頭。

「那麼我們適合一起旅行。」席陽說。

「你喜歡湖，我喜歡海，哪裡適合了。」

「都是水啊，《莊子・秋水篇》：天下之水莫大於海，萬川歸之。湖水也會經由江河流向大海。」

他們沿著湖濱走，雖然是夏天，環湖的樹蔭清涼，還有湖面上的微風，並不覺得熱，席陽說了很多，他的工作，他的生活，他經常出差，兩個月前調到這一區，接下來每個星期都會來W城，席陽問亮亮可以幫他訂房嗎？

「當然，那是我的工作。」

「你的電話給我。」席陽拿亮亮的手機在自己的手機前搖了搖，說：「我來之前告訴你。」

亮亮突然覺得熟悉，有人和她說過這句話，是維黎，早上她對著鏡子變換髮式，馬尾、麻花辮、公主頭，手機叮咚，螢幕上出現一個黃色微笑表情，就是維黎到了，在巷口等她。他們每天中午一起在教室吃家裡帶來的便當，維黎的媽媽手藝特別好，打開飯盒的蓋子，維黎讓亮亮先挑喜歡的菜，然後還幫著吃完亮亮的飯盒中她不想吃的菜，那時候亮亮以為維黎這樣對她就是一種愛，縱容她，擔心她，為了能考上同一所學校，維黎幫亮亮整理筆記，幫亮亮複習，還幫亮亮到廟裡求文昌君，同學說文昌君管考試。

畢業典禮那天，維黎送了她一個鑰匙圈，吊著一輛由銅線繞成的自行車，是他自己做的，紀念這一段騎車上學的日子。他們約好了，如果不能進同一所大學，至少要在同一座城市上大學，他們一起從這濱海小鎮出發，走向更寬廣的人生，畢業典禮結束後，同學們約定放榜後一起聚餐，上大學後大家各奔東西，想再聚就沒那麼容易了。

後來呢？後來發生了什麼？為什麼放榜之後的事她全想不起來。

以前席陽通常在週一來到W城，週三離開，現在他有時提前週六就來了，公司不上班，正好可以約亮亮出去走走。傍晚時分，亮亮上夜班前，兩個人沿著江散步，亮亮重新看見了落日，只是落日不是落在海面上，和她熟悉的畫面顏色不一樣。在W城，落日總是落在大樓的後方，W城的天際線是高高低低的建築，即使在江邊，兩岸櫛比鱗次依然密布建物。

亮亮的生活有了一點變化，她的路徑不再單一，習慣和席陽聊天散步吃飯之後，她也開始配合席陽出差的時間排休。W城對亮亮而言除了工作地，如今也是新的移居城市了，移居包含著生活的移轉。

秋天銀杏金黃颯颯，很快，江邊的幾株蠟梅也綻放幽香。天太冷，已經不適合散步，席陽和亮亮還是忍不住去江邊看蠟梅，羽絨衣厚圍巾手套一應俱全，看著蠟梅，亮亮腦子裡浮現一串音符，清楚的文字：雪霽天晴朗，蠟梅處處香。小時候唱的歌反覆在腦子裡出現，伴隨著一個熟悉的名字，非常熟悉卻一下子怎麼也想不起來？亮亮的心糾結著，腦子苦苦思索，席陽卻在此時打斷了她：「你願意換個地方工作嗎？」

「什麼地方？」

「Z城。」

Z城在東岸。

「我為什麼要換到那裡？」那裡離亮亮家更遠了。

席陽的工作有了調整，履新之後，不但職位升了，也不再需要定期出差，他希望亮亮在他身邊，他想亮亮的家人並不在這，她只是在這裡工作了一年，也許她願意換一個地方。

「你不是喜歡海嗎？那裡靠海。」席陽試著說服亮亮。

夜裡，亮亮在櫃檯後方，玻璃門外柏油路映襯著寂寞的月光，她的腦子反覆思索的不是席陽的提議，而是踏雪尋梅聯繫著的名字，月已偏西，她終於想到了，范嫦霏，她們是小學同學，小學畢業後一度分讀不同學校，高中又考入同一所高中，小學音樂課她們一起唱過這首歌，那時她們很親近。亮亮突然想找到范嫦霏，也許她可以告訴她維黎在哪？接著她就可以想起來放榜之後的事。亮亮在社群網站上搜尋，果然找到范嫦霏，她在D大，亮亮發出訊息，她很快有了回覆：「亮亮，你可終於出現了，讓我們好找。」

略敘問候與近況後，亮亮試探地問起維黎。

「你願意原諒他了嗎？我聽說他在C大表現不錯，但是我想他心裡還是記掛著你，希望知道你好不好。」

所以維黎如願考上C大了，為什麼他和亮亮不再聯繫了呢？亮亮的腦子一片紊亂，原諒維黎？維黎究竟做了什麼？她努力想著。

「是他同班那個女同學主動示好，總圍著他轉，維黎只是不小心掉進去了。」范嫦霏的訊息這樣顯示。

亮亮的腦子轟然一片，像是燈泡熄滅前乍現的異樣光亮，她想起了一些什麼。

「他們還在一起嗎？」亮亮問。

范嫦霏顧左右而言他：「過年的時候，班上會辦同學會，你來吧，好多人問起你。」

亮亮明白了，他們在一起，她淡淡地說：「我不回家，要上班。」

「這樣，那別人問起你時，我可以說你和我有聯繫嗎？」

「讓我想想。」亮亮離線了，江邊席陽的提議，她也是這樣回答的。

放榜後，維黎如願考上第一志願，她卻落榜了，維黎要她準備重考，他在C大等她，維黎說：「沒問題的，你只是這段時間受家裡的事影響，沒能在考試上正常發揮。」亮亮沮喪得不得了，落榜後不久，爸媽已經大張旗鼓著手準備婚禮，夏天即將結束，維黎離開了亮亮身邊，第一波桂花開，亮亮的爸爸再婚，第二波桂花開，亮亮的媽媽再婚，她不想參加，他們卻說她不去讓爸媽沒面子，日後和新爸新媽也不好相處。亮亮不在意，她根本不想要新爸新媽，對於一種自己根本不想要的關係，何必顧慮好不好相處呢？維黎熱熱鬧鬧開始大學新生活，不能陪在她身邊，好不容易捱到放寒假，同學們紛紛回來了，也帶來了手機裡一張維黎和女同學的親密合照，有人嚷嚷：剛上大學就展開新戀情，真是羨煞旁人，只有亮亮一個人傷心。

小時候亮亮喜歡人魚公主的故事勝過睡美人、白雪公主、灰姑娘，為了和王子在一起，人魚公主那麼努力付出過，但是最後依然沒有成功，她化成了泡沫，亮亮的記憶也化成了泡沫，當她離開海邊時，泡沫沉入了海底。

她沒法見維黎，她不能問他，更不能聽他親口說，亮亮慌忙寄出求職信，她不能留在這，維黎就要回來了，而他已是別人的維黎，不屬於她了，就連她的爸爸媽媽也不屬於她了，媽媽要陪新老公的爸媽一起過年，新媽媽於是也哄爸爸陪岳父母吃年夜飯……

來到W城的亮亮努力忘記那些不開心，用的力氣太徹底，終至什麼也想不起來。

當她漸漸想起往事時，她以為自己是因為爸媽再婚離開西岸小城，沒想到原來記憶中守護著自己的維黎才是最後一根稻草。

想起維黎的移情別戀，亮亮接著又想起維黎對她的種種好，下雨天把雨衣讓給亮亮，不在乎自己淋濕；院子裡茉莉花開了，清晨便帶來給她放在案頭；有一回維黎去香港，一下飛機連家都不回，急著趕來亮亮家送蛋塔，維黎說：「蛋塔要當天吃，口感才鬆酥香甜。」沒有錯過蛋塔賞味期限的亮亮，錯過了初戀的賞味期，亮亮在回憶裡意識到維黎用他自己的方式喜歡她，但卻不需要她。

因為從來是她需要維黎，維黎才會如此輕易去了另一個需要他的女孩身邊吧。

席陽如候鳥往返，只是來去之間的週期是一週。

亮亮並沒有騙范嫦霏，她真的不回家過年，她回去大家都尷尬無措，她在自己的過去裡失去了位置。除夕夜，亮亮在飯店值班，為了讓前一班同事早點回家團圓，她提前兩個小時到班，同事遞給她一盒菜，說是他們家的傳統年菜組合，有豬蹄、獅子頭、蝦球和香腸，謝謝她代班。亮亮反正一個人，席陽也回家過年了，午夜十二點，街道上傳來陣陣鞭炮聲，遠方有人放煙花，席陽發訊息：「新年快樂！」在璀璨煙花消失前，亮亮回覆：「過完年，我就開始找Z城的工作。」

席陽回了一個表情符號，黃色圓臉從左到右不斷鼓掌，眼睛笑得瞇成一條縫。接著是一條訊息：「如果你願意，我們天天一起看日出。」

是啊，同樣是海邊，只是一個在西一個在東，從日出到日落，橫跨了兩千公里。

她想，席陽是有點需要她的，希望和她一起在新城市開始新生活。

她曾在雜誌上看到過：日出時大氣層裡的塵埃較日落時少，所以霞光的顏色不如日落時豔麗，原來她嚮往的燦爛不是陽光本身，是空氣中的懸浮粒子造成。讀中學時，她相信世上沒有比眼前海上落日更華麗絢爛的景色，晚霞曾經給她平靜，餘暉映照下的海面使得她能夠很快並且願意忘記白天曾經發生的挫折、誤會、欺騙、愚弄、失望等種種不愉快。如今她長大了，不論身邊有沒有人陪伴，不論眼前是旭日還是夕陽，她不再期待忘記挫折和失望，她想，她可以和挫折失望共存，就像日落後還會升起，失望時還有希望。

天亮了，亮亮走在清晨無人的街道，冷冽的空氣中凝結著鞭炮的氣味，今天是農曆春節，新的一年的開始，獨自一人的亮亮並不覺得孤單，她不再怨惱爸爸媽媽，也不再為維黎陪伴另一個女孩而委屈傷心，雖然想起來心裡還是疼，但是那疼不是恨他背叛，而是捨不得維黎的貼心、維黎的好不再屬於她。一輛路過的車上傳來歌聲：「怎麼去擁有一道彩虹，怎麼去擁抱一夏天的風。天上的星星笑地上的人，總是不能懂不能覺得足夠。」亮亮想起以前維黎也唱過這首歌，在落日的海邊：「如果我愛上你的笑容，要怎麼收藏要怎麼擁有。如果你快樂不是為我，會不會放手其實才是擁有。」

亮亮知道了日出到日落的距離，不是十二個小時，冬季短些，夏季長些，而是一年，是從西岸到東岸兩千公里，是從拚命忘記到猛然想起。

那距離放得下所有回憶。

排骨飯裡的蝦卷

便當送來了，依照慣例，還有三杯熱咖啡，一杯加糖不加奶，一杯加奶不加糖，一杯什麼都不加。

便當倒是一樣的排骨飯。

蝦卷本來是蝦卷便當的主菜，但是在排骨便當裡也能吃到蝦卷，就有一種賺到了的感覺。排骨飯裡的蝦卷，原是意外多得的，所以特別好吃。但是當意外多得成為習慣後，突然沒了，就產生了一種莫名的損失感。

會議室百葉窗垂掛遮住了一小塊天際，敞開的光亮裡可以看見玻璃帷幕大樓，還有大樓映照出的天空，不是天空本身，而是倒影，就像是他們正在討論的，不是真正的人生，是電影院裡燈光暗下之後的影像人生。

可以是一種淺灰色的調子，淺灰色的天，淺灰色的建築，淺灰色的人影，主角在尋找一個人，一個他一直等待的人，他四處尋找，鏡頭跟隨他的腳步，他的視線，觀眾看到吵架的情侶，吸毒的青少年，躲避警察的小販，在電影裡等候只是片段，不完整的一部分，但是穿插連貫起整部電影，最後主角依然沒有找到他要找的人，沒有結果的過程，就是我想表現的。K說。

主角是什麼樣的人？男的？女的？老的？小的？X問，他是製片。不重要，男女老少皆可，他是一個媒介，不同性別不同年齡，有不同角度，看打算找誰拍，都可以調整。K說。

沒有結局的電影已經不流行了。D說，他有另一個構想。我們可以穿插各種情節，好比躲警察的小販其實是一個不得志的作家，為了生活不得不去街頭賣他唯一會做的水煎包，結果他收集了各種故事，終於作品受到重視。K企圖補強。

收集故事，對，故事才是觀眾想看的。D說。現代人都使用手機，路邊的公用電話沒人打了，我們可以拍一部電影，十年後公用電話蛻變成為三D故事機，上個世紀六〇年代遊樂場有一種投幣故事機，投下一枚硬幣，就有故事可聽，還可以看到動畫。我說的三D故事機使用者投幣之後，在電話按鍵上按下年月日，好比一九九八年四月七日，就按數字 19980407，那天發生在此處的事就會以立體影像在公用電話旁邊上映，所以各種曾經發生的事都可以成為電影的情節，在巴黎按下 20151113，巴特哥蘭歌劇院的恐怖攻擊就會重現，當然在紐約按下 20110911 也可以看到世貿大樓遭飛機撞毀的畫面。

製作費會是很大的問題。X直截了當地說。

我是舉例，這並不是一部災難片，需要時也可以採用新聞畫面。D說，電影的主角是一個中年男人，他年輕的時候有一段讓他終生難忘也終生遺憾的戀情，所以，他回到當年約會的公園，按下他二十七歲生日的數字，那是他一生中最快樂的一天，秋日上午陽光和煦，他在樹下等待所愛的女人天寧，看著她穿著碎花長裙緩緩走到面前，手上捧著親手為他做的檸檬蛋糕。醉人的楓紅，清新的檸檬黃，蔚藍的天空。

等一下，為什麼可以重現當年的畫面？K問。

路上到處有監視器，未來的科技可以將其重構，再以三D技術投射，這部分很容易解釋，而且不是重點。D有點不耐煩地說明，他急於回到自己構想的故事，男人回到二十七歲生日那天，美好的畫面勾起他更多的記憶，於是，他一一前往那些美好記憶的發生地，然後在公用電話上按下那些日期，一幕又一幕的溫馨與甜蜜，這些幸福都在他二十八歲生日前夕畫上句點，一場車禍奪走了天寧的生命，雖然他後來依然娶了別的女人，還生下兩個孩子，但是他從未忘懷過天寧。他一次又一次重溫……

所以整部電影就是一個中年男人的回憶？K又問。

我們的世界就是由回憶組成的。D說。

還有想像。K說。

D不予理會，繼續講：有一天，他又去了當年約會的公園，但是按日期時按錯了按鍵，他意外地發現天寧依然出現了，陪在身邊的卻是另一個男人，他發瘋似地在天寧家和公司附近徘徊，在公用電話按鍵上按下天寧沒和他見面的日子，結果他在多年之後發現自己想念了一輩子的女人和他交往時，原來一直腳踏兩條船，更讓他痛苦的是，她之所以發生車禍竟然是為了趕赴那個男人的約會。

為了別的男人，天寧讓他痛苦了一輩子。

他覺得對不起自己的妻子，雖然婚後他從未出軌，但是，他的心裡一直想著天寧。他終於明白讓他遺憾了一輩子的愛情，其實並不屬於他。

K沒有感受到D構思的淒美、遺憾、錯失、欺騙等情緒，他繼續說他的構思：主角在尋找的人是一場車禍的目擊者，他的好朋友在一場車禍中喪生，有人看見當時有一個路人曾經打電話報警，但是救護車到達時，他就離開了，車禍中的傷者在救護車到達時意識還清醒，卻在送醫途中傷重不治。主角徘徊在車禍發生的路口，向每個經過的人打聽，尋找當時打電話報警的人，肇事的車輛在撞到人之後不但沒有停下來查看，還加速逃逸，大家都以為主角尋找報警的人是希望得到肇事車輛的相關訊息，事實上，主角更想知道的是，既然救護車來的時候，他的朋友仍然清醒，那麼他有沒有交代什麼事，他一心想完成朋友最後的心願。

他終於找到報警的人，卻發現其實他就是肇事者。D突然插嘴。

我不是說了，這是一個尋找未果的故事。K不滿地說。

我看不出你想表達什麼。D的語氣明顯透出不客氣。

不同的觀眾會在這部電影裡得到不同的啟示，那就是他內心所正在尋找的。K說。

你的主角都沒找到，觀眾又怎麼能找到。

重點是在尋找的過程裡得到啟示，得到釋懷，每個人的人生裡都有無法挽回的遺憾，車禍中驟然離世的朋友就是象徵這遺憾，報警的人象徵的是答案，主角以為他可以從他口中得到自己想知道的，其實不能，但是在尋找的過程裡，他已經得到了。

答案是什麼？

活著的人好好過自己的日子。

但是你的主角一直在進行沒有結果的尋找啊。

是啊，所以最終他明白了啊，音樂起，畫面出現 The End。

D不以為然地拋下筆。

玻璃窗外的天色逐漸暗了下來，X按下電話按鍵交代，叫三個便當。

X說，其實你們的故事可以合併成一個。

讓我的主角在他的公用電話上按下車禍的日期嗎？換成K不以為然了。

我看不出有和不可？X說。

那他不但看到了報警的人，應該也看到了撞死朋友的車和車牌號碼，哪還有曲折情節？D說。

你們的故事裡都有車禍，也都有一個因為車禍而喪生的人，以及因為死者驟然離世留下的遺憾，你們沒發現嗎？X提出。

但是故事的精神不一樣啊。D說，K點頭，兩人終於有了共識。

祕書拿便當進來，依照慣例，還有三杯熱咖啡，一杯加糖不加奶，一杯加奶不加糖，一杯什麼都不加。

便當倒是一樣的排骨飯。

怎麼沒蝦卷？D打開便當疑惑地問。

上個月開始排骨飯裡的蝦卷沒了，要吃得另外加點。X說。

現在單叫蝦卷，肯定不外送。K說。

蝦卷本來是蝦卷便當的主菜，但是在排骨便當裡也能吃到蝦卷，就有一種賺到了的感覺。X意有所指地說。

D想了一下說：好比尋找報警者的人是天寧最後要去見的朋友，對於天寧為了赴自己的約會意外身亡，他很歉疚，希望為天寧完成未盡的心願。

其實他並不是天寧另一個男朋友，他是天寧的中學同學，為了爭取公司外派機會，請大學讀西班牙文系的天寧幫他惡補西班牙文，他自責，如果那天不是他將碰面的時間延遲了十五分鐘，天寧就不會被那輛車撞上，而天寧接受了同學支付的補習費則是想幫男朋友買一件白鵝絨外套，因為男朋友工作時常騎著摩托車到山區，每每冷得發抖。而肇事的駕駛沒有停下來察看也沒有出面自首，因為他當時接到姊姊、姊夫車禍的通知，心慌意亂，趕到醫院，姊姊臨終前將四個年幼的子女託付給他，最小的六個月，最大的六歲，他不能出面自首，他擔負了刑責孩子就會送到孤兒院，很可能被迫手足分離，他們已經失去爸媽，不能再失去彼此。

二十五年過去了，四個孩子都長大成家，當年肇事時才二十出頭的舅舅如今已年近半百，他滿懷愧疚地前去自首，連做筆錄的警察都大感意外。天寧的中學同學買了最好的羽絨外套，和天寧的男朋友在公園碰面，他說：「我終於完成天寧的心願了。」

愛了一輩子，想了一輩子，男人披上羽絨外套，他握著衣襟，恍惚間彷彿擁抱天寧入懷，天寧依然是二十幾歲年輕的模樣，他們彼此相擁在銀杏樹下旋轉起舞，鏡頭由平視向上拉成仰視，由兩人帶向天空，蔚藍的天空。

鏡頭轉向百葉窗，迎著光，K、D、X只剩下黑影的輪廓，鏡頭繼續將窗外的玻璃帷幕拉近，反映出街景，穿過蒼翠的行道樹，路上來來往往的車輛行人，最後停在路邊一座藍色公用電話。音樂起，The End 出現。

「為什麼電影裡的編劇在會議室開會？我們卻在這烏煙瘴氣的小旅館房間。」韋陸發牢騷。

「因為觀眾以為電影劇本是這樣產生的。」達利不帶情緒地回答。

「因為我們公司沒有會議室，而臺北的咖啡店都不能抽菸。」屠謙說著又點了一根菸。

「好餓。」韋陸說：「打電話叫排骨飯，記得加蝦卷。」

「我還要加一個滷鴨蛋。」屠謙跟進。

達利想，這麼說電話是要他打囉？三個排骨便當，兩個加蝦卷，其中一個再多加一個滷鴨蛋，三杯熱咖啡，一杯加糖不加奶，一杯加奶不加糖，一杯什麼都不加。

電話掛了，韋陸問：「為什麼我沒有滷蛋。」

「因為你只說了蝦卷。」達利說。

「但他只說了滷蛋卻有蝦卷。」

「你可以打電話去加點。」達利雖然覺得無聊，但是依然聽不出情緒。

便當送來了，沒有蝦卷，也沒有滷蛋，只有排骨。

「這怎麼回事？」韋陸不滿。

「你們聽到我打電話的。」達利撇清。

「送錯了？」屠謙猜，一邊拿起電話打到快餐店，電話掛掉後他興奮地說：「你們知道誰在隔壁房間開會嗎？百嘉影業，錢導也在。」

「他們也來這小破旅館？」韋陸不信。

「我把便當給他們送過去，他們沒見過我，我去打探打探。」屠謙手腳俐落收起便當。

幾分鐘後屠謙拿著便當和咖啡回來，有蝦卷和滷蛋的，百嘉的人還來不及打開。

屠謙說：「他們要拍武俠片。」

「那好，不搶我們市場。」韋陸說。

「也許會創造風潮，錢導一向有票房，要不我們也改武俠？基本片中片的形式不變，但是片中片的那片改武俠。」

「武林世界沒有公用電話。」韋陸嘲諷道。

「有什麼要緊，故事可以改，還可以穿越。」

百葉窗外玻璃帷幕上倏忽穿過一個人影，全身白衣，立於大樓樓頂，頗有振衣千仞崗的氣勢。

可以是一種淺灰色的調子，淺灰色的天，淺灰色的建築，淺灰色的人影，主角在尋找一個人，一個他一直等待的人，他四處尋找，鏡頭跟隨他的腳步，他的視線，觀眾看到罵孩子的年輕母親，放牛的少年，挑著擔子的小販，等候只是片段，不完整的一部分，最後主角依然沒有找到他要找的人，沒有結果的過程，就是我想表現的。K說。

主角是什麼樣的人？男的？女的？老的？小的？X問。

不重要，男女老少皆可，打算找誰拍，都可以調整。K說。

沒有結局的電影已經不流行了。D說。

我們可以穿插各種情節……

旅館房間窗簾緊閉，看不見外面，玻璃帷幕大樓下有人按著公用電話按鍵，有人騎著摩托車送便當，有人在公園等候，有人開車而過，有人擺攤叫賣仿冒皮包，有人掠過大樓躍至隔鄰樓頂。小旅館房間裡的會議仍在繼續，大樓映照出的天空，不是天空本身，而是倒影，他們正在討論的不是真正的人生，是電影院裡燈光暗下之後的影像人生。

排骨飯裡的蝦卷，原是意外多得的，所以特別好吃。但是意外多得成為習慣後，突然沒了，就會產生一種莫名的損失感。

也許，這更接近人生。

在雲端遇見你

他正在尋找位置，突然看見五個極為熟稔的朋友，他們面前堆滿杯子碗碟，聚餐應該開始還不到一小時，他們聚餐，為什麼沒人問他參不參加？他正納悶著，他們之中有人看到他了，向他招手說：怎麼現在才來？他鎮定地走向他們，然後說：沒有人告訴我今天聚餐。怎麼會？一個人不相信地說，另一個人說：Line 上面說好的啊，突然大家恍然明白了，他不在群組之內，只因為他不在群組內，他們就把他忘了。

沈為盟默默地盯著螢幕上顯示的資料：

二〇〇六年，亞馬遜推出彈性運算雲端服務。

相隔不到半年，Google 行政總裁埃里克·施密特在搜尋引擎大會首次提出「雲端計算」的概念。

又過了一年後，Google 與ＩＢＭ開始在美國大學校園，包括卡內基美隆大學、麻省理工學院、史丹福大學、加州大學柏克萊分校及馬利蘭大學等，推廣雲端運算的計畫，這項計畫希望能降低分散式運算技術在學術研究方面的成本，並為這些大學提供相關的軟硬體裝置及技術支援，而學生則可以透過網絡開發各項以大規模運算為基礎的研究計畫。

接著，Google 宣布在臺灣啟動「雲端運算學術計畫」，與臺灣臺大、交大等學校合作，將這種先進的大規模、快速運算技術推廣到校園。

他啜飲一口可樂，或者更準確的說法是，他吸取了一口可樂，透過吸管，吸管從杯蓋上的小孔伸進杯子，插在一堆冰塊的空隙中，在他口腔的運動下，可樂從吸管進入了他的喉嚨，冰涼爽冽清甜，而這些他每天都在進行的動作完全不需要思考，就像是他每天在電腦上進行的工作，他不知道電腦如何運作，如何因應他的指令完成工作，他只是敲打著鍵盤直到可以交件。他不關心電腦的運作，他的客戶也不關心，就好像他吃著雙層牛肉起士堡，但是並不知道這塊夾著牛肉或者還有許多不明成分的麵包，在吞嚥進他的肚子後所產生的一連串變化和效應，唯一知道的是如果沒有吃足夠的纖維，來自於各種他不喜歡的植物，青菜水果雜糧穀物之屬，第二天它們就無法順利離開他的身體，而這一切生產供應雙層牛肉起士堡的店家也並不關心，大家只要付出願意的額度然後拿到自己想要的結果。客戶要他的作品，漢堡店要他付的錢，而他要客戶的錢，繼續買漢堡吃漢堡以支撐自己坐在電腦前工作。

整個世界是一個食物鏈，沈為盟希望自己的位置不在末端。

當不需要思考的時候，一般來講，他就不思考，他認為過度思考對自己沒有好處，要不是白白浪費力氣，要不是帶來焦慮。什麼是想得太多？好比打算午餐吃漢堡，就別去想網路上流傳的一則實驗，漢堡放置一個月也不見發霉腐壞來讓自己擔憂；又或者已經浮現吃漢堡的念頭，就別再思考應該改吃鍋貼或者是排骨飯一類來讓自己陷入猶豫，這些對他而言都是不具意義的過度思考。工作之外的專業籌畫更是如此，因為花費的力氣遠高於吃漢堡還是吃鍋貼，所以沒有人付錢給他寫程式時，他只用電腦遊戲。

然而，這個城市的生活形態一直在轉變，本來大家使用電子郵件和行動電話，後來大家使用 Line，行動電話不再拿來說話，而是玩手遊，還有讀 Line，不願意使用 Line 的沈為盟，逐漸被排除在朋友的社交圈之外，這樣的被冷落，他甚至不能清楚界定自己是否意識到了。去年夏天，好像是七月吧，他每天混吃等死，沒有任何案子在進行，也沒人和他接觸新的案子，他百無聊賴無所事事地過了半個月，每天在電腦上玩遊戲追美劇，吃泡麵冷凍水餃外送披薩，終於，他覺得自己該出去走走，他先搭地鐵到了某棟共構建築，刷卡出站之後直接搭電梯在商場裡瞎逛，看衣服翻雜誌逛超市，然後他覺得餓了，想起自己已經有至少三個月沒有吃過厚切豬排飯，商場裡有一家來自日本的豬排餐廳，白飯、味噌湯、咖啡、紅茶不限量，他決定去吃一客炸豬排飯。下午兩點，白領用餐客人已經散去，餐廳裡有大約五成的空座，他正在尋找自己比較滿意的位置，突然看見五個與他極為熟稔的朋友，他們面前堆滿杯子碗碟，聚餐應該開始還不到一小時，他們要聚餐，為什麼沒人問他參不參加？他正納悶著，他們之中有人看到他了，向他招手說：怎麼現在才來？大家都快吃完了。他鎮定地走向他們，然後說：沒有人告訴我今天聚餐。怎麼會？一個人不相信地說，另一個人說：Line 上面說好的啊，突然大家恍然明白了，他不在群組之內，只因為他不在群組內，他們就把他忘了，沒有人想到可以打電話發簡訊問問他參不參加聚餐。

他們急忙拉過旁邊一張椅子，招呼服務生點餐，沈為盟已經失去吃炸豬排的心情了，原本對於豐厚香酥的麵包粉裹鮮嫩多汁的腰內肉組合出的口感的慾望消失了，現在只覺得油膩，他賭氣點了可樂餅搭配炸雞的套餐，反正已經不想吃炸豬排，吃什麼的差別似乎也不大了。他默默啜飲咖啡，味噌湯，吃了兩碗上面撒了黑芝麻的白飯，心裡開始思索，他已經被這些朋友忘記多久了？還有其他哪些朋友和他們一樣不知不覺忘了他？這是否代表著自己的存在對他們而言從來不具備意義，他們才會如此輕易就忘記他？還是，他們根本不在意，就和他不願意過度思考是一樣的，他們在意的不是朋友，而是群組的分類與歸屬，表面上熱鬧活絡的社交，內容與精神沒有人願意費力氣計較，那太累人了。

沈為盟不知不覺被擱在了遺忘的一邊，像是存在遙遠雲端不復記憶的資料。

距離豬排店一千公里，茜茜坐在湖邊，靜靜地清洗剛剛採收的蓮藕，先將蓮藕表層的泥汙洗去，再放到車上，送往市集。她們家在湖中種蓮已經好幾代了，美麗的蓮花為他們提供了蓮葉蓮藕蓮子，莖葉果實都能賣錢，蓮花也能賣，煮湯或者泡茶有一股清香，那香是滲人的，讓人從內裡覺得清靜。

和蓮花相比，茜茜更喜歡蓮葉茶，透明的淺綠色，有一種潛在的清涼，彷彿碧波圍繞。

蓮藕每天的價錢不一樣，因為受到貨量的影響，蓮藕和楊梅一類的水果不一樣，採收期集中，太早採收，果子沒熟，採晚了又太熟，落果量增加之外，還來不及運送到店裡就開始發酵。蓮藕不一樣，嫩的可以涼拌或快炒，老的可以煮湯做點心，因此蓮農們組織起來，協調市場每日供需，使得蓮藕得以有較為平穩的價格，而這樣交流聯繫，依靠的就是網路。在湖邊長大的她，不像其他年輕人喜歡上網，每天對著手機，她更喜歡看湖，青碧的湖水，青碧的蓮葉，同樣綠意盎然水波瀲瀲，卻是截然不同的風姿。高中畢業後，她沒有再升學，一方面她並不喜歡學校，另方面爸媽也供不起家裡所有孩子讀大學，她有一個姊姊一個弟弟，姊姊在城裡讀師範大學，弟弟小康明年考大學，她願意幫爸媽打雜，剝蓮子，曬蓮葉，自然的顏色與氣息不知不覺成為她的一部分。

有天，小康準備功課累了，說是剝蓮子當休息腦子，他和茜茜說，你知道現在的人不把東西放倉庫了，而是放在雲端。

雲端？茜茜問：東西放在雲端那要怎麼拿啊？坐飛機嗎？還有放在雲端不會掉下來嗎？

小康解釋，雲端是一種互聯網的運算方式，通過這種方式，可以共用更多資源。使用者不需要了解「雲端」中基礎設施的細節，也不必具有相關專業知識，卻能夠存取服務軟件及數據。

弟弟說的，她不懂，但是她相信弟弟可以考上大學，並且會學習許多新的知識，過上不一樣的生活。至於她自己，她不想過不一樣的生活，她喜歡熟悉，不在乎重複，重複讓她安心，知道接下來的步驟，並且知道自己可以應付，就好像歌曲裡重複的句子，她一邊剝蓮子一邊唱，一點不覺得厭煩，弟弟說的雲端她不知道，但是她知道一首歌：在雲端／遇見你的地方／在生命的轉彎／你讓我有天堂能想像／在雲端／你深邃的目光／從世界另一端……弟弟聽她唱著，笑了，說：我二姊永遠不會變，就算地球變了，二姊也不會變。

沒有 Line，沈為盟發現自己不知不覺被排除在社交圈外，看來沒人特別記得他。小學的時候，他意識到一件事，有些同學沒來學校，只要一過他平常出現的時間，就有人發出疑問，怎麼某某還沒有來？今天比平日晚，平常不到七點半就已經坐在教室了之類的對話，但是也有一些同學，直到開始上課，老師說：那個空著的座位是誰？此時除了坐在旁邊的人可能留意到，別人都沒有注意。有些人總有人關注，有人等待，甚至這等待可能從前一天放學已經開始；但是有些人的存在從來引不起注意，沒有人關心沒有人在意。可是他，過去從不覺得自己的存在是屬於這種，他以為自己受朋友歡迎，就算不是人緣最好的，也不至於是被大家遺忘的。

但是，有一個朋友和他說：除了最討人喜歡和最討人厭的之外，都是容易被人遺忘的。

所以，聚會上，討人喜歡的人沒來，有人焦急，誰誰怎麼還沒有來？我是因為想見他才老遠跑來的，不然還不如在家滑手機。討人厭的人沒來，也有人焦慮，誰誰待會最好別出現，幹麼通知他，他不知道不是更好。

也許，他應該慶幸自己不是最討人喜歡的，也不是最討人厭的，所以剛好不小心被人忘記。

社交圈如是，工作圈竟然也出現相似的效應，不存在 Line 群組裡的人，比隱身還要看不見，而看不見竟然就意味著想不起，以前的客戶忘了他的口碑，忘了他的效率，甚至忘了他不高不低的合宜收費，只因為他不在 Line 的群組裡。

沈為盟想起小時候國文老師說的故事，告訴他們為什麼清明要吃潤餅。相傳春秋時，晉公子重耳在外流亡十九年，三餐不濟，有一回甚至餓昏，陪伴他流亡的介之推割下自己大腿的肉，烹熟給重耳吃，重耳才得以保住性命。他記得，老師當時說重耳應該是嚴重的營養不良，而他聽到此處時則是暗暗想像人肉烤熟後的氣味，偏偏那天晚上媽媽竟然準備了鐵板燒，一向愛吃烤肉的他，想起介之推，一塊都吃不下，媽媽還以為他生病了。後來重耳回國繼位，成為晉國國君，回憶舊事，想封賞介之推，此時介之推已經和母親到山西的綿山隱居，晉文公派人上山搜索，遍尋不到，便下令放火燒山，想藉此逼出介之推，結果大火一發不可收拾，卻未見介之推出山，等火熄，才發現介之推母子抱著柳樹被燒死，重耳後悔莫及，下令每年此時不得生火，一律吃冷食，稱為寒食節，以紀念介之推。有一首題為〈寒食〉的詩寫道：「子推言避世，山火遂焚身。四海同寒食，千古為一人。」他想若是今日，依介之推的個性必定不會使用 **Line**，重耳就可以名正言順地沒有想起他，這亙古的悲劇也許就不會發生了。

小康上了大學，他特意選的省內大學，離家不是太遠。清明，茜茜自己做潤餅，她叫弟弟回來吃，弟弟問，他想帶個朋友回來，可以嗎？當然可以，她說。雖然老人的習俗，潤餅是不會拿來招待客人的，但是她爸媽似乎也不講究這些。她將胡蘿蔔、高麗菜、豆乾、三層豬肉、筍、蒜苗等切絲，炒熟後以便包入潤餅當作餡料，每個人再依自己口味，任意加入辣椒醬、花生粉、蔥、蒜、芫荽等。比起平日四菜一湯的家庭料理，並不麻煩。村裡有一間圖書室，書並不算多，平日也少有人去，冷冷清清，泛著一股霉味，倒是有一個管理員汪先生，不支薪水，算是義務性質，汪先生說，中國從周朝便有在春天以五辛盤祭祀春神的禮俗，五辛盤內容為大蔥、小蒜、韭菜、香菜、蒜苔，祭祀春神後人們食用五辛，以求開五臟、去伏氣，具有保健效果，但五辛味辣，難以單吃，於是以麵餅包裹五辛食用，這就是春餅，春餅後來又演變出潤餅和春捲。她想圖書管理員是他們這讀過最多書的人，這和學歷無關，他可能計算不好數學，不懂物理化學，卻知道許多別人不知道的知識。

她去市場買做潤餅的材料，遇到圖書室管理員也去買菜，知道她要做潤餅，便討教潤餅的製作方式，她說：我弟弟要回來，你若沒事，明天一起來吃。汪先生似乎就等著她這句話，詢問怎麼做，不過是引她說出此言，他立刻應允。翌日，弟弟帶來一個朋友，朋友看來三十開外，她有點訝異，原以為是和弟弟同齡的同學，不想竟然是學校建教合作的講師，不一會，管理員也來了。潤餅本就是冷食，包潤餅的菜餚她事先已經料理好，潤餅也做了厚厚一疊，大家圍坐自管自的捲餅，汪先生說起貴州流行的小食絲娃娃，薄薄的一張餅，包上各種材料後沾著味足鮮辣的沾水，特別爽口，弟弟的朋友聽了，卻講起黃果樹大瀑布，他說：原來黃果樹大瀑布是屬於珠江水系，也就是說，我們在廣州的珠江邊上，其實也看到了黃果樹大瀑布的水。他說時，語氣顯得有些興奮，她微感詫異，不明白其中原委，而這話題的移轉，一條思維是依料理的種類，另一條是依地緣關係，倒也並非無跡可尋。

汪先生因應客人將話題從捲餅轉移至瀑布，便也禮貌地作出回應：明代地理學家徐霞客所寫的《徐霞客遊記》中，徐霞客向當地人打聽大瀑布上游是哪條河流，當地人稱白水河，明清詩文中，提及黃果樹瀑布時，也以白水河稱之，到了清道光年間李宗邡的《黔記》中，收錄了李騰華的《白水河小憩並序》，其中寫道：「白水河，其地多黃果樹，故以樹命名村市。」所以瀑布也叫黃果樹瀑布。可是荒謬的是那個地方根本沒有黃果樹，有的是榕樹，而當地人稱作黃桷樹，因為往來的外地人的口音，被誤記為「黃果樹」，這個舉國皆知的瀑布名字是場錯誤。

沈為盟意識到圖書館管理員身上發散出雄性動物為博得心儀雌性時散發出的好鬥氣息，潤餅也吃得劍拔弩張，他的黃果樹一說原是因為那是他唯一知道與貴州有關的事物，還是從中學課本上得知的，卻激出管理員引經據典旁徵博引的一番話語。沈為盟默默吃潤餅，改口稱讚潤餅好吃。

「臺灣也吃潤餅嗎？」她問。

「吃啊，夜市就有。」他說。

於是話題成功移轉到了臺灣夜市，管理員的煙硝氣散了些，可能發現對手來自海的另一邊，應該不會久留，威脅自然降低。

發現所謂群組衍生的新人際生態對自己產生的影響，沈為盟有一點挫折，和朋友說起，對方完全不當一回事，只說加入不就得了。但是對他而言卻並非如此，如此輕易被人淡忘，才是讓他耿耿於懷的。剛好就在此時，有人想起了他，與臺灣產學合作的一所大陸大學請沈為盟擔任講師，心情低落的他立刻答應了，一過完年就飛到了N市，學校安排的住處，倒也不必張羅什麼，接待的人送他到住處放下行李，就帶他去辦了張卡，用這張卡就可以在學校食堂吃飯，小賣部買零食生活用品，課並不多，一週八堂，剩餘時間他辦了另一張卡，公車卡，坐著公車在N市漫無目的地閒晃。他釋懷了，對於自己不在任何群組裡，N市不使用Line，使用微信，但是反正他在這不認識任何人，唯一有接觸的是學生，所以他接受了小康邀請一同回家吃潤餅，小康說：「看看農村的風景。」

綠山綠水綠樹，路邊開滿了不知名的白色小花，學生說是野莓，很快會結出紅色漿果。看看農村的風景，是不是也包括小康的姊姊，約莫二十歲的年輕女孩茜茜，清甜秀雅，生長在農村，但是不覺土氣，言談舉止也不顯粗俗，反而有種安靜的氣質，氣定神閒的嫻雅。

吃過潤餅，小康帶沈為盟去湖上划船，在荷葉間繞了一圈，小康說：「荷花開時更漂亮，你一定要再來。」陽光耀眼得很，午後三點竟有些熱，都說人間四月天最美，也擱不住南方豔陽曝曬，船到岸邊，茜茜婷婷站在岸上，遠遠隔著翻荷葉望著，竟似層層綠裙簇擁，難怪衣裝中有荷葉邊一說。

「汪大哥呢？」小康問。

「回去了。」茜茜說。

「汪先生有學問，博古通今。」沈為盟原是想找話說，說完卻覺得別人聽了不會以為他有嘲諷之意吧。

「聽說他正在寫一本書，所以才來圖書館充當管理員，館裡事不多，但是安靜，查資料也方便。」

「網路上就能查。」小康說。

「我聽他說正看的是地方誌。」她說完，微微一笑，那笑似乎有句號的作用，結束了前面段落，另起新頁：「沈老師有空常來玩，下次你來我做荷葉雞你嘗嘗，兩個小時車程就到了。」

「我姊姊做的荷葉雞可好吃了，嫩雞肚子裡塞了蓮子，用荷葉包裹著蒸得剛剛好熟，肉一點不柴。」

回到N市，他心裡已經記掛著荷葉雞，還好學生很快開口邀約，五一勞動節就去。

管理員不樂意了，前後不到四週，引他猜忌防衛的雄性又來了，怕是別有意圖。但是他又不好不請自來上人家裡吃飯，於是在客運站附近閒晃，果然近中午時分遇到小康和沈為盟，從N市開來的巴士上下來，汪齊賢假裝巧遇，說：「真巧，遇見沈老師，我正有些問題想請教您，有空到我那喝杯茶。」沈為盟只好敷衍道下午去，回家路上，小康和沈為盟說：「那汪先生怪怪的。」沈為盟不願在學生面前多議論，就說：「作家嘛，比較有個性。」

「不是，我看他喜歡我姊，喜歡就追嘛，總是副彆扭樣。」

「你姊喜歡他嗎？」

小康搖頭，說：「我姊不會離開這的。」

「汪先生可以留下。」

「我姊不會喜歡他。」

沈為盟心裡盤算這話的順序，因為不喜歡汪先生所以不離開這，還是因為不離開這所以不喜歡汪先生？又或者都不是，只是兩句獨立的陳述句。

茜茜做的荷葉雞果然好吃，雞肉鮮嫩，肚子裡的蓮子酥軟粉糯，還涼拌了一碟鮮藕，沈為盟吃了兩碗飯，覺得吃得舒坦，他突然覺得舒坦這兩個字用得極妙，不僅舒服，還很坦然。飯後他依照小康指的路來到圖書室，村子不大，沿著車站前主要道路往下走約五百公尺就到了，汪先生見他來了，忙泡茶，還拿出洗好的葡萄，沈為盟想他希望化敵為友，但若是兩人都喜歡茜茜，這情敵不比其他敵人，除非兩人都得不到女主角青睞，那又另當別論。想到這，沈為盟有一點訝異，自己喜歡茜茜嗎？不然為什麼出現這樣的念頭，他不否認茜茜美麗，廚藝好，性情溫柔，但是和他過去交往過的女朋友卻是南轅北轍啊。

「別稱我先生，我和茜茜也這麼說，她不聽，說習慣了。叫我名字，齊賢，見賢思齊的齊賢。」

兩個人隨意聊了關於雲端數據庫的使用，沈為盟不知道汪齊賢是真心想討論這些，還是只是想把他從茜茜身邊拉開，但是汪齊賢說話時倒是很專心，他說：「所以雲端這個比喻還挺貼切的。」

「你不覺得雲端讓人覺得虛無飄渺。」沈為盟問。

「浴蘭湯兮沐芳，華采衣兮若英；靈連蜷兮既留，爛昭昭兮未央。屈原的《雲中君》本來就是古時楚地祭祀雲神的歌舞辭，主祭的巫師和扮演雲神的巫師進行對唱，藉此頌揚雲神。」

沈為盟幾乎聽不明白，他從沒想到有人能將雲端這個概念和屈原聯繫在一起。聊了一陣，沈為盟覺得該回去了，汪齊賢陪他走到茜茜家，兩個人年紀相仿，擺脫了初識時過強的防衛心，也算是談得來，汪齊賢的知識廣，對許多事物都有興趣，快到茜茜家門口，汪齊賢便識趣地說：「我不和你進去了，歡迎你下次來再去我那坐。」

進到屋裡，茜茜正坐在桌前將蓮心從蓮子中捅出，看見沈為盟，她笑盈盈地說：「沈老師，回去時帶點蓮子和蓮心，這蓮心泡茶能降火，蓮子和紅棗煮甜湯，用電飯鍋就能煮，不麻煩。」

沈為盟本想說幾句客氣話，又覺得推來推去，最終一定還是接受了茜茜的好意，便一逕沉默著，也在桌旁坐下，看著茜茜做手中的活，她的手指白皙纖細，長長的睫毛垂著，他看著看著，眼光落在了她的唇上，竟有幾分心蕩神搖。

「茜茜，你去過最遠的地方是哪？」沈為盟問。

「就是讀中學的縣城。」

「不想出去看看嗎?」

茜茜搖搖頭，一種不假思索的安靜，想得多難免紛雜。

「好比去城裡看小康。」

「小康回家我就見著了啊，而且他回來，爸媽也見著了。」

傍晚，沈為盟拎著茜茜為他準備的蓮子蓮心去坐車，假期還有兩天，小康後天才回學校。輾轉回到宿舍早已過了晚餐時間，沈為盟泡了碗麵充飢，蓋上麵碗的蓋子時，一眼瞥到袋子裡的蓮心，他倒了一點在白瓷杯裡，沖上熱水，翠綠色的蓮心在水中騰起翻滾，然後沉在杯底，就是這種安靜吸引著他吧，茜茜身上發散的氣質。

沒有加入系上老師的微信群組，於是聚餐喝茶等活動，沈為盟一概不知，也沒人想過要打電話問他參不參加，他猜想，甚至也沒人意識到他總沒出現，在這裡他的存在是被忽略的，但是被忽略和被遺忘不同，被遺忘包含更多情緒，至於被忽略他不但可以淡漠以對，且因為缺乏共同的記憶，眾人的忽略反而使他覺得輕鬆。

幾日後，沈為盟意外收到汪齊賢的簡訊，說翌日來N城辦事，問他有沒有空一起吃飯，兩個人於是一塊去吃燒烤，天氣初見熱，天黑後坐在屋外還微有涼意，他們就著啤酒吃肉串，烤得油亮鮮辣的茄子，竹籤上的藕片讓為盟想起茜茜，不知道齊賢是否也是。啤酒喝了好幾瓶，為盟逐漸聽出來齊賢不是內地人，一些用語的差異之外，還有說起某些事情時偶露端倪，好比北京申奧成功，消息宣布的時間是在七月的一個晚上，當消息傳來，四十萬群眾湧向天安門狂歡，可是齊賢看新聞是在白天，所以有時差，至少當時他約莫在美加地區，類似的例子還有，這原不干為盟事，也許是酒意吧，為盟說：「你在哪長大？」

齊賢沒立刻回答，可能在猶豫是否告訴他實話，為盟便又追上一句：「不在內地，也不在香港。」

「我在美國出生成長，連國內身分證都沒有，去年才回來的。」

「可是你說話的口音卻很內地。」

「我爸媽在北京讀的書，大學畢業後才去美國，生下我，我們在家說中文。」齊賢說完，喝了一大口酒，瓶子空了，他讓老闆再拿兩瓶啤酒，烤兩串雞翅，六隻蝦，為盟感覺得到他不想多說自己的事，便繼續天馬行空地瞎聊，末了兩個人都有些醉了，齊賢在N城自然沒有住處，原本打算當天回去，也沒找旅館，為盟說別找旅館了，去他那湊合一晚，不過齊賢只能睡沙發。

第二天早上，為盟醒來，發現齊賢已經走了，留了字條：下次我請你喝酒。為盟看著字條上橫七豎八胡亂分布的筆畫，齊賢的口音聽不出在美國長大，但是這字一看就是了，不過現在反正很少寫字，都用電腦手機。

為盟對齊賢的話沒放在心上，他下次來N市不知道是多久以後了。倒是為盟想到六月快到了，荷花是不是也要開了？他記得小時候玩的一個遊戲，一群小朋友圍著圈唱：荷花荷花幾月開，圈子中間扮演荷花的小朋友回答：一月，圍著圈的小朋友再唱：一月不開幾月開？如此重複問答荷花到六月才開，遊戲接著怎麼進行為盟不記得了，但是記得荷花六月開。為盟沒和小康說，直接發了訊息給茜茜：「第一朵荷花開的時候告訴我，我去看。」他認為若要和茜茜進一步，必須越過小康。訊息發出後不到十分鐘就有了回覆：「已經有花苞了，這一兩天就要開了。」為盟立刻回覆：「我週末去。」

沒想到就在為盟去看茜茜數日後，齊賢又來了，發訊息給為盟時是下午三點，為盟趕著要去上課，說待會兒去哪晚餐，把地址發過來，他下了課就去。等下課後看手機，齊賢說：回家等我，我帶好吃的過去。為盟走回宿舍，齊賢已經在門口等著，拎著二鍋頭和幾個提袋，進得屋裡，齊賢把吃的攤了一桌子，有煎餃蔥油餅滷菜燒鴨，為盟心想，齊賢在國外長大，想不到口味倒是很中國，但是他沒說，只說：「你買了這麼多，吃得完嗎？」

「吃不完冰著明天吃。」

從此，為盟和齊賢彷彿一個特殊的聯盟關係，每當為盟去找過茜茜，數日後齊賢就會來N城找為盟。

立冬過了，N城依然不冷，齊賢卻提議去吃羊肉煲，為盟依照齊賢發給他的地址找了來，帶皮羊肉燉得軟爛，邊吃邊喝的景象任誰看都是哥倆好，他們之間這種微妙的來往也有半年了，酒過數巡後，齊賢說：「我們都喜歡茜茜，你承認嗎？」

「我不需要和你交代。」

「所以你沒我坦蕩。」

「那我不明白了，既然你我喜歡同一個女人，你總來找我喝酒吃飯，這算什麼呢？」

「化敵為友。」

「戰場或職場化敵為友我明白，可以消弭戰亂甚至結成聯盟，但我們是情敵，茜茜只有一個。」

「你我成了朋友，你就會打消對茜茜的念頭。」

「為什麼？」

「因為朋友妻不可戲。」

「這句話你對自己說吧，雖然你們先認識，但是關係未確立，不算。」

「不是先來後到的問題，你知道茜茜是不會離開那村的，就算你喜歡她，她也喜歡你，她也不會和你走。」

「你怎麼知道我不會為了她留下？」

「那你們也不會幸福。」

「你憑什麼這麼說？」

「你喜歡茜茜，不是喜歡那個地方，為了茜茜留下，日後對生活不滿時，難免心生怨尤。我不同，我是先喜歡那個地方，選擇留在那個地方，然後才認識茜茜。」

為盟已經微醺，分辨不出齊賢說的是否有理，他換了話題：「你為什麼大老遠從美國來到這個小農村。」

「在美國，從別人眼中我時刻感受到自己和別人不同，但是在這，沒人一眼看出我的不同。」

沈為盟沒有因為汪齊賢放棄追茜茜，反而是因為汪齊賢更明確了自己想追茜茜的心，他從一開始需要找個藉口才好發簡訊或去茜茜村裡，逐漸發展到不需要理由也能自然地保持聯繫，簡訊簡單到諸如吃飯沒、睡得好嗎等問候，差不多每個週末都去找茜茜，沒有正式牽手，但有順勢拉她一把扶她一下，沒有吻過她，但有湊上前輕嗅她的髮香，沈為盟以為他們已經朝向情侶的方向邁進。而他和汪齊賢的友誼也持續，也許因為兩人都是外來者，也或許因為兩人都沒納入在地的任何微信群組，依然以老式的電話和簡訊聯繫，不知不覺間竟然成為彼此往來最頻繁的人，當然，汪齊賢也沒放棄追茜茜。

離開熟悉的城市，獨立於群組外的他們在異鄉發展著言情小說裡老套的三角戀情。

一年多很快過去了，沈為盟當年和學校簽的是兩年約，學期中，學校問他新年度是否續約時，他突然覺得這是個向茜茜表白的機會，於是他去了村裡，先委婉訴說情衷，再不著痕跡勾繪甜蜜遠景，然後進入正題：你希望我留下來嗎？茜茜聽了，睜著一雙明媚水靈的眼睛，有些訝異地說：「這是你的選擇，怎麼問我呢？」如果說茜茜事不甘己的回答讓沈為盟有些受傷，那麼她明媚雙眼中的訝異更傷他，難道這一年多的殷勤溫柔，她都不懂？

「我對你的心意，我以為你知道。」沈為盟終於蹦出這句。

「我們是朋友啊。」茜茜說。

朋友？當茜茜明確了兩人的關係時，沈為盟突然意識到若要論朋友，經過了這些時日，他和齊賢似乎更聊得來些，一時間他也不知道自己要不要續約了。

沈為盟傖俗地想起一個朋友曾經說：上過床不一定算愛情，沒上過床肯定不算。當時他不以為然，如今卻覺得也許那也是一種判別標準，他還沾沾自喜談了一場純情的戀愛呢！

沈為盟和學校說，是否續約他得再想想。

汪齊賢也推算出端倪，他重申：「你喜歡茜茜，並不喜歡茜茜生活的地方，所以你若留下是為了茜茜，茜茜不接受你，你就失去留下來的理由了。我不同，我本來就喜歡這個地方，我和茜茜的關係，自然沒有負擔。」

沈為盟一直以為自己的勝算比較大，原來失算的是他。

人生計算也能在雲端進行嗎？他想起初識齊賢時他提到屈原寫的雲中君，看來人生有時還是需要未知的神明給點暗示。

一個月後，沈為盟沒有續約，到機場送他的竟然是汪齊賢，他隱隱覺察人生荒謬，這兩年裡發生的種種，遇到的人和事，竟然起始於他沒使用 Line。

入關前，齊賢拍了拍他的肩：「過兩個月我去臺灣看你，有家出版社要出我的書，帶我去吃臺灣潤餅，我們第一次見面就是吃潤餅。」

沈為盟不合時宜想起介之推，他肯定介之推不論生在何時都不會使用 Line，但是屈原若生在今天可能會使用雲端技術吧，他胡思亂想著，楚懷王的群組裡有屈原嗎？

飛機起飛了，飛上雲端，茜茜和他說過：「只有不變的人才能看見永恆。」他突然覺得茜茜的單純與安靜，其實是一種深沉難測的心機，讓人難以自拔卻又無法埋怨，全是自己一頭熱。他曾經覺得Line上面的訊息雖有內容沒有語氣，少了情緒，如今才發現就在眼前看得見聽得見，也未必懂得。雲端在人類的世界裡有多層語意，但是在其他生物眼裡，依然是自自然然的雲端。

樓頂餐室

慕薩卡外表焗烤至金黃，伊薇用刀子切下一塊，再使用叉子放入口中，這道菜是羊肉、節瓜、茄子、起司、香料、馬鈴薯層層堆疊後加上白醬焗烤。她想起剛才服務生說，慕薩卡原是阿拉伯語，她唯一知道的阿拉伯語就是阿拉伯數字，這一個遙遠陌生而又神祕的國度，卻讓全世界都使用他們發明的數字符號。

伊薇拿到一張傳單，不是有人在路邊派發，而是不知從哪颳起一陣風，傳單不偏不倚就落在了正要過馬路的伊薇手上。

是一家餐廳的宣傳單，餐廳竟然開在附近一座辦公大樓的樓頂，宣傳單上說是無國界料理，伊薇對所謂無國界料理沒什麼興趣，她覺得所謂無國界就是不道地的代名詞，不夠意大利，不夠希臘，不夠西班牙，這裡那裡借一點味道。路邊沒有垃圾桶，她只好把傳單順手放進手袋，就在她幾乎忘了那張傳單時，她無預警地遭到裁員，公司補足了資遣費，通知她工作到今日為止。解雇信就放在桌上，看完後她尷尬地放回信封，不知該不該和同事說，是只有她收到信？還是還有別人？連直屬主管也沒找她談話，信上說是因為公司轉型，但是比她更不適任的大有人在，為什麼是她呢？她應該默默收拾東西離開嗎？怔忡了半晌，她還是硬著頭皮去問了主任，主任說：那是上面的意思，不是他的決定，然後又說了些希望她很快能找到更有前途的工作，公司失去她是公司的損失一類無意義的話。她心灰意懶地將抽屜裡屬於她的私人物品大半丟入垃圾桶，剩下的小部分要帶走的物品放入袋子時，傳單剛好掉了出來，她默默凝視著傳單，心裡浮現：就去這裡吃飯，算是為這份工作畫下句點吧，以後說不定很少會來到這一區。

那時是五點半，剛好是下班時間，而沒吃午飯的她非常餓。

依照傳單的指示，她在大樓的頂樓平臺看到一座小房子，和大樓的主體結構無關，推門進去後，她發現那不只是無國界料理，還是無菜單餐廳。服務生問她有沒有不吃的食物？她本來想說很多，好比她不愛吃芹菜高麗菜香菇青椒南瓜，也不愛吃雞鴨鵝，但是經過白天的折騰，已經懶得再說明這些了，便搖了搖頭。一會兒，服務生端來一碗湯，有清淡的牛肉味，不過湯裡看不到牛肉，有切碎的胡蘿蔔芹菜洋蔥番茄，如果不是有一種米粒大小的不知名豆子，那麼她會以為這是羅宋湯，溫熱的湯滋味不算特別好，但是進入胃裡還是有一種撫慰的作用。不知道現代人是不是生活太憂鬱有壓力，市面上一大堆東西聲稱療癒系，而她覺得最有療癒效果的就是美味的食物，這是她曾經交往過的一個男朋友說的，心情跌到谷底時，索性就不吃不喝，等到餓得受不了，再飽餐一頓，心情也就沒那麼低落了。當時她聽了不以為然，後來他們為了些說不清的原因分手了，之後，她又遇到了另一個男人，她發現男人欺騙她，又氣又恨又委屈之際，她想起了前男友說的挨餓後飽餐的方式，發現確實有點用，但前提是一定要夠餓，如果能堅持挨餓久一些，效果更明顯。

撤下湯碗的同時，服務生在她面前放下了一碟沙拉，她嘗了一口，略帶酸味，口感比較清淡，平日吃沙拉，她喜歡選擇凱撒沙拉，滋味濃郁，眼前這碟蔬菜、番茄、起司上則是拌入一點橄欖油和醋，倒也爽口。接著是主菜，看起來有點像意大利千層麵，但是服務生說是慕薩卡，這個字原是阿拉伯語，經過土耳其廚師的修改，接著希臘廚師又在土耳其廚師的基礎上繼續發揮創意，於是出現了現在這種焗烤堆疊的形式。慕薩卡外表焗烤至金黃，伊薇用刀子切下一塊，再使用叉子放入口中，這道菜是羊肉、節瓜、茄子、起司、香料、馬鈴薯層層堆疊後加上白醬焗烤，和剛剛吃完的沙拉搭配和諧，她想起剛才服務生說，慕薩卡原是阿拉伯語，她唯一知道的阿拉伯語就是阿拉伯數字，這一個遙遠陌生而又神祕的國度，卻讓全世界都使用他們發明的數字符號。對於阿拉伯，另一個勉強算是熟悉的就是阿拉伯神燈，故事裡充滿活力的阿拉丁。慕薩卡從阿拉伯來到希臘，令人嚮往的陽光，風景明信片上白牆藍窗的小房子，襯著同樣是藍色的大海，白色的浪花，一個單純美麗的世界，這樣一個看起來單純美麗的世界，卻發展出複雜的神話，神話裡複雜的神際關係，古老的巴爾幹半島居民信仰泛靈論，他們相信任何一種自然的現象都擁有和其相對應的靈魂，這些沒有具體形象的靈魂被擬人化，而逐漸形成了神話裡的眾神。神話裡背叛了自己父親的克羅諾斯，一直活在對自己的子女的恐懼中，害怕自己也會有一樣的遭遇，因此他吞下妻子瑞亞生下的孩子，多麼不可思議的神話情節，伊薇記得自己第一次聽到這故事時，感到有多匪夷所思，後來瑞亞生下宙斯，她在宙斯的搖籃裡放進石頭假冒宙斯讓克羅諾斯吞掉，這個部分比克羅諾斯吞下自己的孩子更不可思議，他竟沒發現那是石頭？而神話仍持續往下發展，宙斯長大了，他給克羅諾斯吃了一種草藥，讓他將之前吃下的其他兒女全部吐了出來。

那是一個眾神的時代，人不是唯一，神也不是。

吃完飯，伊薇發現桌上沒有帳單，她到櫃檯掏出皮夾抽出信用卡結帳，服務生說不收信用卡，她說，那就現金吧，多少錢？

這裡用餐不收錢，而是拿一樣東西交換。

交換？拿什麼東西換？她不會是進了黑店吧？伊薇擔心地想。

一個月後，我們會將帳單寄給您，告訴您以什麼東西買單。

她猶豫了一會，不知道是出於好奇，還是想擺脫眼前的困境，她在本子上寫下了自己的電子郵箱，一邊安慰自己，只是電子郵箱，他們畢竟不能直接來找她啊。

離開餐廳前，她的心裡充滿疑問，所有的客人在用餐離去後，都會乖乖依照指示進行交換嗎？如果沒有收到電郵，又或者不理會電郵，那麼店主要怎麼辦呢？還有，整個晚餐時段，店裡都沒有其他客人，這樣的餐廳經營得下去嗎？當然最後一個問題，不是她需要擔心的。

慕薩卡和希臘神話倒是意外地給了伊薇一個啟示，她一直不喜歡朝九晚五坐辦公桌的生活，她其實可以去考導遊執照啊，轉換一種完全不一樣的生活方式。

她決定立刻開始準備，她有兩個月的資遣費，省著點，也許可以撐到考上執照，重新找下一份工作。

忙著考試，伊薇很快忘了餐廳和帳單的事，直到四個月後，她才收到了樓頂餐室寄來的帳單，列出她的用餐要以某品牌的鷹嘴豆罐頭，和兩百CC的愛琴海海水支付，那時她剛應徵進一家旅行社帶團，鷹嘴豆罐頭可能可以透過網上的代購網站購買，可是愛琴海海水是怎麼回事？她正煩惱著，翌日一進公司，經理就和她說，要她臨時帶一個團去希臘，明天就出發。她心裡覺得駭異，難道樓頂餐室的老闆有預知能力嗎？

兩週後，伊薇帶著愛琴海的海水和鷹嘴豆罐頭去到樓頂餐室，結清了前次用餐的帳單，她預備找個位子坐下，再在這奇妙的餐廳吃頓晚餐，她不但在這得到啟示成為導遊，還在這一次的希臘旅行中邂逅了新的戀情，她希望這一次和新男友方枋的交往能以步上紅毯為結局，沒想到她剛拉開椅子，服務生就和她說，今天你不需要在這吃飯。

可是，現在並沒有其他客人啊。

是的，但是待會兒會有，他才是今天需要在這吃飯的人。

我只是吃個飯，又不影響他。

但是，今天你不需要，我們只提供需要的人用餐。

伊薇想起飛到她手中的傳單，以及一連串的巧合，心裡更覺得好奇。

在服務生的堅持之下，伊薇只好離開餐室，但在好奇心的驅使下，她沒有離開樓頂，而是悄悄將自己藏起來，觀察是什麼人來用餐。大約十分鐘後，來了一位年過半百但是保養得宜的男人，為了能更進一步了解其中玄機，她繼續在暗中等待，等了約莫一個小時，終於等到男人出來，她上前藉口問時間，和男人攀談起來，伊薇問，喜歡那家餐廳嗎？男人很健談，他說：「去之前不知道餐廳是不接受點菜的，服務生端來一碗麵疙瘩湯，麵疙瘩原是非常簡單家常的食物，但是這一碗麵疙瘩湯卻豐富到奢侈的地步，奢侈不是指食材價格，而是吃起來的感覺，有一種可以讓心溫暖的感覺，在湯裡吃到新鮮蝦仁、干貝和蛤蠣，還有芫荽，我本來不喜歡芫荽，吃時卻覺得香味恰到好處。」

「最特別的是這家餐廳的買單方式吧。」伊薇試探性地問。

「是啊，從未遇到過，所以你去吃過。」

伊薇點點頭。

「你願意告訴我，他們要你以什麼結帳嗎？」

「如果我告訴你，等你收到帳單時，可以也告訴我嗎？」

「當然，」男人笑了，說：「沒想到我們也進行起交換來了。」

伊薇說了，男人聽到是罐頭和海水，也覺得詫異，走出大樓時，他們彼此交換了電話號碼，男人的名字是浩瀚，他應允收到電郵就打給伊薇。

伊薇喜歡自己的新工作，也滿意自己的新戀情，目前的生活狀態是她長大後最幸福的一段時光。

兩個月後，她接到浩瀚的電話，他的帳單列出的是送二十盒水彩顏料，但不是送到樓頂餐室，而是送到一座學校。

「二十盒水彩換一碗疙瘩湯，貴了些吧。」伊薇說。

「那倒無所謂，問題是學校很遠，交通還不方便，來回要花上一整天。」

「寄去不就行了。」

「帳單上說明了親自送去。」

「你會照做嗎？」伊薇問。

「會吧。那天吃疙瘩湯時，我想起了一些小時候的事，我以為自己已經完全忘了的，其實我還記得，那些彷彿微不足道的事，說不定一直影響著我，我想去那座小學看看。」

「等你回來，可以告訴我發生的事嗎？」

「好的。」電話裡浩瀚答應了。

幾天後，伊薇接到浩瀚的電話，那是一所偏鄉小學，他決定以後每個星期都去一次，擔任美術社團的指導老師。原來浩瀚的夢想是成為畫家，美術系畢業後，畫賣不出去，於是就到廣告公司上班，如今已經是跨國公司的副總，但是並沒有忘記小時候的夢想，他的家境不算好，中學時為了報考美術系，需要加考術科，他到美術老師家加強素描，老師不但不收學費，師母還常留他吃飯，好幾次吃的就是麵疙瘩湯，材料很簡單，就是豬肉末、高麗菜絲、胡蘿蔔絲和蛋花，當時他卻覺得異常美味。考上大學後，每年寒暑假回家，他都去老師家裡看老師，聊聊自己的近況，畢業後進入職場，每天忙著加班，漸漸就和老師失去了聯繫。

「昨天，我打電話給老師，才知道他在今年年初過世了，下個週末，我要去看師母，謝謝她以前做麵疙瘩湯給我吃。」浩瀚這樣說。

「你覺不覺得那家樓頂餐廳有一種神祕的力量？」伊薇問。

「覺得，似乎在料理中隱藏著人生的指引。」

「什麼人會有這樣的能力？」

「這大概不是我們能知道的，但是至少我們得到了正面的助益。」

對神祕樓頂餐室的好奇，使得伊薇沒法克制自己窺探的衝動，不需要出團也沒有約會的日子，她常常不自覺搭乘半小時巴士來到北角，默默地上了頂樓，觀察今天來吃飯的人，等他吃完，伺機搭訕，幾乎所有吃完飯的人對於未知的付款方式都感到疑惑，但是不是所有人都同意等收到帳單後，告訴伊薇自己的生活是否有改變。一年後，伊薇粗略估算，願意透露訊息給她的人中，至少有三十個人的生活因為這家餐廳起了變化，不是更成功，但是比較幸福，餐廳的料理彷彿不知不覺提醒著用餐人莫忘初心。

這一天，伊薇又來到北角，才到頂樓，她尷尬地看見服務生站在門口，她的偷窺被發現了。

「你來了。」服務生說話的口吻像是正在等她。

「我們已經為你準備好晚餐，請進來享用。」

「我是今天吃飯的客人嗎？」伊薇有些訝異和不解，但還是尾隨服務生進了餐廳。

一會兒服務生端上來西班牙烘蛋，伊薇吃了一口，味道很好，她繼續吃，每一口的味道都不一樣，裡面的材料千變萬化，她一邊吃，那三十個人的故事在她腦中紛紛閃現，有如味蕾聯繫著腦神經一般，最後一塊烘蛋才用叉子送進口中，服務生已經端來甜點，是一款奶酪，純白色的奶酪放在湛藍色透明碟子裡，她嘗了一口，發現不是奶酪，卻又吃不出是什麼，不是杏仁豆腐，不是水果雪酪，不是布丁，味道清澈甜蜜，每吃一口，覺得滋味熟悉，就要想起那是什麼味道了，但是印象隨即飄散，下一口又是如此，但是每一次嘗到的滋味聯繫起的印象其實不同，等她吃完，服務生來收碟子時，她問：「這是什麼口味？」

「雪花、梅蕊、蓮子、山藥、薏仁、黃豆，大概有十幾種，每一口滋味都不同。」

是啊，和剛才的烘蛋一樣，只是隱藏得更徹底。

「今天我要怎麼結帳？你打算多久通知我呢？」

「現在就給你帳單。」

伊薇再一次感到詫異，服務生拿來一杯熱茶和帳單，她喝了一口茶，恰到好處的芬芳，然後才看帳單，上面寫著：「每週來樓頂餐室值班一天」，伊薇還沒回過神，服務生拿出排班表，問：「你想選哪一天？」

「如果我有事沒法來呢？」

「這一年你可沒少來。」服務生莞爾一笑：「放心，有事可以調班。」

離開餐廳前，伊薇問：「為什麼是我？」

服務生只是聳聳肩，彷彿在反問她：「為什麼不是呢？」

伊薇開始了樓頂餐室的值班，那不能算打工，因為沒人提過待遇的事，只是她總能吃到稱心的料理，她也才發現以前只知道吃飽是一回事，美食是一回事，但是再精緻鮮美的料理，也不一定能讓吃的人稱心。她沒告訴男友方枋餐室的事，她覺得會來到樓頂餐室用餐的人是被選擇的，被誰選擇呢？她不知道，可能是一種緣分，所以緣分未至前，說不清。

值了一年班，五十幾個日子，她從沒見過廚師和服務生以外的人，誰是這家餐室的老闆呢？當她熟悉工作內容後，服務生也不來了，倒是廚師教了她許多烹飪的技巧，連方枋都稱讚她廚藝精進。

有時客人進來，只是吃了一碗麵，有時卻是一整套從前菜、湯、主菜、甜點前前後後八道料理，還有時整日沒人進來，服務生告訴她：「我們只做自己該做的，不是介入別人的人生。」伊薇收斂好奇，按捺疑問，每一次客人收到的帳單總讓她意外，客人的轉變卻又使她安心。好比有一個瀕臨崩潰的單親媽媽，面對丈夫背叛，女兒墮落，父母不諒解，餐室給她的帳單是集滿五十個大小不同的貝殼送到臺灣南部海邊，供寄居蟹做家，伊薇幾乎擔心那面容憔悴的四十歲女人會在海邊想不開，臺灣之行卻意外成為母女關係的轉機，十五歲的女兒因為關心起海洋生態有了學習的慾望，不再沉迷網遊。

又好比一個年過六旬已經從職場退休的男人，被詐騙集團騙走了所有積蓄，他不知道怎麼告訴妻子，他們的生活即將陷入困境，來到這裡時垂頭喪氣，伊薇看見他時，懷疑他不是因為拿到頂樓餐室的傳單所以來到這兒，而是因為這幢建築有十二層，夠高，又不像附近更高的那些樓，上不去樓頂。伊薇看過一部情節有點荒唐但也不無發生可能的小說，敘說幾個先後來到樓頂意欲跳樓自殺的人意外結識，他們都以為自己的人生是不值得或沒法過下去的，不明白別人遭遇了什麼竟會和自己有一樣的打算，且在同一個晚上執行？於是暫且放下跳樓的計畫，看看別人的人生困境是怎麼回事。伊薇主動和男人攀談，果然他無意用餐，伊薇藉口烤好了魚，客人卻取消訂餐，她一個人吃不完，魚冷了又會腥，請男人和她一起吃，男人拒絕了，但禁不住伊薇糾纏，且烤魚的香味確實誘人，樓頂的風又愈來愈大，伊薇還煮了番茄馬鈴薯洋蔥湯，男人於是坐在桌前吃了一條魚，細嫩的魚肉讓他想起剛結婚時妻子每天用盡心思變化菜色，為了省些菜錢，常常在天剛亮時去魚貨市場，批發剩下來的魚特別便宜，妻子買回來或煎或蒸，紅燒、豆瓣、裹麵糊油炸，可以好幾天做法不重複。無論發生什麼事，他都不願意離開妻子，但他也不願意妻子擔心憂慮，他怎麼會像被催了眠一樣，將帳戶裡的錢轉了出去呢？等到意識受騙了，去警局報案，警察說發生好幾起了，要抓到人追回錢不是那麼容易。怎麼辦呢？他整個人都矇了。

伊薇好不容易哄得男人吃了魚喝了湯，還準備了一個蘋果派，騙他也是今天取消的訂餐，讓他帶回家給妻子。伊薇一邊安慰男人，心裡一邊苦苦思索怎麼幫他，這時候服務生卻拿來了帳單，樓頂餐室的帳單通常都好些日子後才會出現，伊薇正想說是她請男人吃飯，還沒攔下帳單，卻發現服務生手上的哪裡是帳單，是一份工作合約，擔任大樓管理員，男人皺著的眉頭舒展了，眼前的難關暫且可以度過了。幾個月後，男人帶著妻子來吃飯，他告訴伊薇雖然錢還沒拿回來，但是詐騙團夥破獲了，原來那幫電信詐騙團夥的基地就在他擔任管理員的大樓裡，他發現情況有異，細細觀察後報警，檢察官已經聲請扣押犯案人的財產防止脫產。

「這一切都要謝謝你。」

「謝我做什麼，我什麼都沒做。」伊薇說。

「那天我原本……」男人說不下去。

「以後不管遇到什麼事，不許瞞著我。」男人的妻子握著他的手。

剛進入冬天，南方依然溫暖，公園裡秋海棠、木槿開得燦爛，方枋說晚上來伊薇住處吃飯，伊薇拎著市場買來的材料經過濱海公園回家，她做了方枋喜歡的海鮮燉飯，新鮮的墨魚蛤蠣淡菜和蝦，滿是海洋的滋味，卻又融合了陸地上的橄欖蘑菇和番茄，方枋吃完，放下叉子，一點都不浪漫地從口袋掏出一枚盒子，姿態就像平日掏出手機，在伊薇面前打開，是一枚戒指，他的語氣尋常但是篤定：「我們結婚吧，我下個月調職新加坡，我希望你和我一起去。」伊薇答應了，她知道自己日後回憶起這一幕，不會因為平淡到連鮮花都沒有而遺憾，反而慶幸遇到一個務實的男人。

翌日，伊薇來到樓頂餐室，那不是她的值班日，服務生看見她，說：「蛋糕剛烤好，正在等你。」

是一個芒果蛋糕，豔黃芳香甜美。

「我以後不能來了。」伊薇說。

「我們知道，所以烤了這個蛋糕為你送別。」服務生說：「新加坡的樓頂餐室已經準備好了，只等你去就能開張，這一年你已經完成培訓。」

伊薇驚訝地說：「你們知道我要去新加坡？我不知道餐室怎麼做。」

「你能夠應付的，一切都有安排。」

靠近赤道的海域，過不完的夏季，伊薇偏好酸辣滋味的料理，亮麗的餐具，芒果黃的碟子、寶石藍的湯碗、櫻桃紅的杯子、薄荷綠的甜點盤、茄子紫的沙拉缽，她主持起樓頂餐室，燦燦陽光下，窗臺上鮮豔的草花輪番綻放。她想起第一次來到樓頂餐室吃到的料理，慕薩卡原是阿拉伯語，關於阿拉伯，她勉強算是熟悉的就是阿拉伯數字和神燈，如今想來那些彷如隱喻般的暗示，包括希臘神話裡眾神的情感世界與心理變化，其實是她自己拼湊的。希臘神話裡眾神中只有戴歐尼修斯的母親施美樂是凡人，遭宙斯善妒的妻子施計害死，戴歐尼修斯長大以後，四處流浪教人種葡萄，有一天遇到海盜，將他抓上船，結果不但船沒法行駛，船帆上還長出葡萄藤蔓，海盜們發現不對勁，此時戴歐尼修斯變成一頭獅子，海盜們害怕紛紛跳下海，跳下海的海盜變成魚，如今伊薇所在新加坡的獅身魚尾像，正好是獅子和魚的組合，但難道因此就表示伊薇的未來在當時已經得到諭示嗎？人們不知不覺在生活中對照能找尋到的各種跡象，以為是某種徵兆，但其實更可能只是巧合。

她終於明白人生中有些啟示不是別人給你的，而是自己，留在過去的自己，和等在未來的自己。

新加坡的陽光一日連著一日，在她的窗外跳躍，今天她要做水果塔，濃濃的雞蛋奶油香瀰漫在廚房，還有色澤漂亮的覆盆子已經洗乾淨放在碗裡，是誰？今天誰會吃到覆盆子塔？然後又會發生哪些事？正在做水果塔的伊薇也不知道。

樹和星

外遇就像吃到飽的自助餐，你付錢的時候心裡就盤算著一定要夠本，但是無論吃得再多都不會讓你更幸福，只是一時的快感。而婚姻像是一天一球冰淇淋，雖然算起來付出的成本更高，但是每天都有一點甜蜜，就算這一點甜蜜可能沒法讓你滿足，但是你知道明天還可以繼續，這才是長久的幸福。

有一棵大樹，樹上生活著許多人，他們是一個古老的部落，或者說是自以為古老的部落，世代都居住在這棵大樹上。樹有多大呢？參天大樹囉，樹的頂端一直向天空延伸，說不定真的能通天，沒人知道，因為沒人爬到樹頂過。樹上的人沒有姓氏，以顏色命名，嫣紅豔紅桃紅粉紅橙紅橘紅莓紅棗紅，凡是名字裡有同一種顏色的就是部落裡同輩人，又或者海藍湖藍天藍湛藍，不會弄錯。他們以樹葉筋脈織布，以花瓣花蜜果實為食，大樹提供他們生活所需，世代歲月靜好。

有一顆小行星，星球上生活著許多人，他們猜想自己是一個移民部落，來自另一個有生命的行星，只是來了好幾代，現下也說不清來自哪了？失去飛行器的他們反正不管來自哪，這會兒還是得住在這。行星很小，開車開一整天可以從北走到南，出生率不高，他們以各種元素命名，氦氬氰氙氖氡氯，或者銅鋅錳鉻鎳錸鎢鉀，從部首屬類可知道是哪一輩，名字不會不夠用，發現新元素比嬰兒的誕生更快。

一天，橙紅收集即將墜落的花瓣醃漬儲存，小心不碰到花蕊，以免影響果實生長，她聽到經過的黃鸝告訴藍鵲，星球上的麥子已經收成，田裡遺落的麥穀足夠飽食一頓。橙紅坐在枝枒發呆，出神想著麥穀長得什麼樣？她問霞紫，霞紫不知道，她又問雲靛，雲靛也不知道，雲靛是有年紀的人，連她都不知道。橙紅琢磨著，如果爬到樹頂，可以看得更遠，說不定就能看到。

望著麥穀隨風搖擺，氖想像著這一大片麥穀磨成麵粉，烤出來的麵包不知道有多少，一隻藍鵲停在田邊，氖拋出一小把麥穀，藍鵲優雅地啄著，長尾雀見了也落下來分享，氖聽見藍鵲告訴長尾雀，大樹開滿各色花朵，芳香迷人，而且蜜甜得很。蜜，蜜是什麼？氖想像著，他問了鉀，又問砷，沒人知道，氖盤算著，如果環繞星球一圈會找到蜜嗎？

麥穀還需要三天才到收割期，氖開車出發，依照指南針一直向南走；橙紅將收集的花瓣醃漬後裝進罈子，收到樹洞裡，開始往樹頂攀爬。氖開車來到星球南部，他居住的地方遍布麥田菜園和牧場，原來這裡是森林；橙紅以前由大樹向外望，不管哪個方向，看到的還是樹，原來繼續往上，當高度超越別的樹的時候，她看見了遠方有一片水域；氛在森林撿到一張畫像，畫上是一個美麗的女孩，跳躍的松鼠說：這女孩會做美味的醃花瓣；橙紅看到樹梢掛著一張卡片，是風吹來的嗎？卡片上有一個男孩的照片，滑翔的老鷹說：男孩燻製的火腿特別香；什麼是醃花瓣？氛想。什麼是燻火腿？橙紅想。

氛終於來到大樹下，看見各色盛開的花朵，他的手指輕觸花心，放進口中嘗了嘗，這就是蜜嗎？原來蜜如此香甜。橙紅終於爬到樹頂，看見藍天白雲，看見遠方的麥田一片金黃，那就是麥嗎？

寫到這裡，大鶇停住了，氛嘗到了蜜，橙紅卻只能遠遠看到一片麥田，連麥穗的味道都聞不到，不該是這樣……婕瑤沒發現大鶇腦子裡正出現的困境，她探頭進來說：「晚上吃什麼？」吃什麼是他們日常進行最多的談話，別的事有些只需要做不需要說，有些說了也沒用。大鶇的腦子還在困境裡，所以隨口回答：「你說呢？」「和牛火鍋？」婕瑤提議，顯然她已經思索過，只是希望大鶇附和，大鶇立刻說：「好。」並且關上電腦，兩個人穿上外套，散步前往商場二樓的和牛火鍋店，那裡有鮮嫩多汁的日本牛肉，切得薄薄的，在火鍋裡一涮就能吃，大鶇現在正需要這種豐厚溫暖的食物。每當他的故事卡住，他就想藉著食物補充能量，雖然這些能量大都去了肚子，而不是腦子。

電影公司告訴他下週必須交出大綱，可是故事在他的腦子裡還只是一個模糊的概念。

大鶇一邊想著故事的梗概，腦子裡一邊勾繪特效後的畫面，技術部分別人會解決，現在後期在電腦上做，許多效果都可以達到，但得先將希望做到的想像出來。大鶇現在正在想像的就是橙紅從大樹頂端看出去的畫面，他要在橙紅和氛之間建立起聯繫。

「孢子，讓孢子為他們建立聯繫。」婕瑤說。

「包子？像是傳說中的歷史故事那樣嗎？朱元璋打算鬧革命，劉伯溫獻計，在中秋節互贈月餅，月餅裡面夾紙條，字條上寫著『八月十五殺韃子』，作為傳遞的信號，而你打算將信息放在包子裡。」大鶇不以為然。

「不是肉包也不是菜包，是菌類植物的孢子，他們既然能聽懂鳥語，當然也可以讀懂植物傳遞的信息，你知道科學家發現植物其實也能彼此傳遞信息。」

大鶇熟練地將肉片放進沸騰的湯中，來回涮兩下取出，粉色的肉片剛剛熟，在沾料中沾取味道豐富的醬料時順道降溫，然後送入口中。與此同時，他的腦子也沒閒著，出現了孢子隨風從森林吹向麥田的畫面，孢子落在了氖的小木屋邊上，長出一朵五彩的菌傘，菌傘傳遞出森林的消息，樹上的少女對森林外面世界的好奇……氖的住處要是小木屋嗎？會不會太原始了，應該科技感一點，是金屬還是水泥？或者玻璃纖維？

「怎麼可能是小木屋？你構思的氖所住的地方是一片平原，以田地為主，他是到了星球南邊才發現森林，如果他用樹幹蓋房子，附近應該就有森林啊。」

是啊，大鶇想自己的腦子已經開始絆住自己的故事了。婕瑤開始吃第二碗冰淇淋，前一碗是一球芒果雪酪一球巧克力，這一碗是一球覆盆子雪酪一球核桃香草，婕瑤每次提議吃和牛火鍋，結果都是冰淇淋吃得比牛肉多，這一款進口冰淇淋在專賣店五球的價錢就夠來和牛火鍋店吃不限量的晚餐了，所以婕瑤覺得很划算。婕瑤一手拿勺子吃冰淇淋，另一隻手不時滑一下桌上的手機，大鶇想這才更像婕瑤，她平時不關心他寫的故事，即使他和她說時，她也只是敷衍地聽聽，今天竟然還提了建議，有原因嗎？

吃完火鍋，兩個人腆著肚子往回走。

「當初找房子真不該找在山上，出來吃飯時走的是下坡還好，吃飽了回去變成上坡，太累了。」婕瑤抱怨。

「十幾分鐘的路，還好吧，正好幫助消化，總好過已經很餓了，還要爬山才吃得到飯。」

一個星期後，大鶇心情忐忑地去了電影公司開會，在此之前他已經先將故事大綱傳給製片和導演，導演抽著菸，將列印出來的薄薄幾頁紙翻來翻去，然後意味深長地說：「孢子傳遞訊息的點子不錯，植物不但有生命，而且有情感，還能溝通交流，讓那些吃素的人閉上嘴，不是只有吃肉的人殺生了。」

大鶇腦子裡不合時宜地想起趙明誠，中學國文課選了李清照的〈武陵春〉，老師上課時說，有一年重九，李清照填了〈醉花陰〉，抄寫後寄給丈夫趙明誠，趙明誠收到後，花了三天三夜的時間，填了十五闋〈醉花陰〉，然後把李清照的夾抄其中，拿去給朋友們品評，朋友們細細讀了，然後指著：「莫道不消魂，簾卷西風，人比黃花瘦。」最好，就是李清照寫的。大鶇想趙明誠才情不如妻子，與其寫十五闕，不如專注填一闕，也許成績還能好些。問題就是人沒把握時，永遠寫不出最好的那一首，只能東拼西湊，然後再從裡面挑選可用的，所以完成的篇章多，不代表好。

「大樹也是植物啊，特效的效果應該不錯。」製片說。

大鶇眼前浮現森林的遠景，更遠的天空掛著彩虹，大樹部落的人們由此命名。

開完會，大鶇打電話給婕瑤，問她要不要一起吃晚飯？她回說正在開會，晚上要加班。大鶇打電話時人正在婕瑤上班的地方附近，原想找個地方逛逛等她下班，既然婕瑤要加班，大鶇已經餓了，索性就近尋了處小店吃牛腩麵，麵端上來，大鶇往碗裡加了一匙辣醬，先吃了一塊牛腩，然後夾起麵，正吃著，他看見婕瑤從店外經過，她不是說在開會嗎？大鶇顧不得麵沒吃完，掏出錢放在桌上便追了出去，還好婕瑤沒上車，還在路上走著，她走得很快，像是遲到了，大鶇跟在後邊，跟她保持一定的距離，到了下一個街口，她上了一輛停在路邊的車，車立刻開走了，要不要繼續跟，這樣跟蹤妻子實在不是大鶇的作風，但是婕瑤為什麼要騙他？大鶇稍稍猶豫了一下，只是一下，說不定只有十秒，也說不定有一分鐘，他完全沒法判斷，從他身邊經過的的士已經被人截走，往下張望，路上一輛空的士都沒有，而婕瑤坐上的那輛車已經消失在路的盡頭，天空沒有彩虹。

大鶇滿腹狐疑回到家，等到九點多，婕瑤才回來，沒錯，今天在街上看到的就是她，婕瑤消失後，大鶇一度以為會不會是自己看錯了，現下證實一模一樣湖綠色的裙子。

「剛離開公司？」大鶇問。

「是啊，你吃飯沒？」

大鶇想起那一碗只吃了兩口的麵，這會兒倒有點餓了，便搖搖頭。

「我也沒吃，煮麵吃好嗎？」

「好啊。」

「要不要雞蛋？紅腸？」

「都要。」

婕瑤煮了兩碗泰式青咖哩麵，麵條上躺著一枚潔白透黃的水煮荷包蛋，兩根紅腸，幾朵綠花椰菜，看起來倒也誘人，大鶇以為自己沒有食慾，心裡疑惑婕瑤上了那輛車之後去做了什麼，他不知道該怎麼做？直接問，還是迂迴套話？心裡左思右想間竟然將一碗麵全吃了。

「開會順利嗎？」倒是婕瑤先問了。

「一般，還要修改。」

婕瑤點點頭，收了碗去廚房洗。

大鶇故意湊近她，如果她身上有沐浴乳的味道，那就有可疑，他故意攔腰抱著婕瑤，親她一下，說：「導演喜歡孢子的點子。」

「真的啊。」婕瑤驚訝地說。沒有，沒有沐浴乳的味道，有一點點清淡的汗味，揉雜著已經淡去了的牡丹花和甜橙的香味，是她使用的香水。

那天之後，大鶇心裡時常浮現同樣的疑問，婕瑤有外遇了嗎？他們結婚三年，沒有孩子，結婚前已經同居一年，他確實逐漸覺得失去了激情，婕瑤的身體也難誘發他身體的反應，但他以為兩個人在一起久了，這是正常，或者婕瑤不這麼想，他靜靜地打量婕瑤，在別的男人眼中還是很有吸引力的。

大鶇忽然意識到自己已經很久沒有這樣細細看過婕瑤，她頸部腰部上手臂的線條依然優美，她的足踝纖細，手指修長，睫毛搧動時有種童稚的天真，別的男人會想親近她吧，不是說有些男人對人妻特別感興趣。大鶇重新以一個男人的眼光看婕瑤，不是將她視為自己的老婆，而僅僅是一個女人。是的，有一段時間了，婕瑤是他的生活伴侶，是他一起吃飯一起付房貸一起逛超市一起回家探視爸媽的伴，但是他卻不知不覺忽略了她女性的特質。散步時，他依然會牽她的手，但那是一種習慣，就像是出門前的親吻，無關乎悸動。

麥田收割前的氛，出發尋找開了鮮豔花朵的大樹，尋找他沒嘗過的蜜，人都需要一點追求，大鵪的追求是什麼？這些年似乎就是構思的故事可以拍成電影，他原以為這就是一種夢想的實現，畢竟沒有多少人有這樣的機會，腦中出現的聲音畫面顏色能夠確實地在螢幕上建構出來，他曾經為此驕傲，卻不知道自己忘了嘗一嘗蜜的味道，聞一聞烘焙過麥子的芳香，觸摸花瓣的柔軟濕潤，他的追求只在一個方框裡，說穿了不過是光與影。

孢子從森林隨風飛揚，落在了氛的麥田邊上，長出一朵粉紅色的菌菇，氛從沒有看過如此嬌豔的粉紅色，像是少女的唇……

大鵪胡思亂想著，如果花朵是植物的性器官，那麼菌菇算是什麼？傘狀的皺褶裡藏著孢子，大鵪上網查菌類的繁殖，分別有：同宗接合指在同一孢子萌發後長出的單核菌絲互相接合時，彼此之間的原生質和細胞核結合在同一個細胞中（質配）形成雙核菌絲，這種單核菌絲為雌雄同株，稱自交親和。少數食用菌屬這種類型，如蘑菇、草菇等。和異宗接合指由兩個具有不同性別的孢子所產生的單核菌絲之間進行質配。同性間永不親和，不能形成子實體，這種現象稱自交不育。大多數食用菌屬這種類型。所以菌類也有性行為嗎？算嗎？不能說過程不同於動物的交媾就不算吧。大鶇繼續胡思亂想，他曾經看過一部歐洲電影，一對原本生活幸福的夫妻，有一天一個強盜闖入家中，制伏丈夫後將他綑綁，在他面前強姦了妻子，妻子一開始奮力抵抗，但是不敵強盜的凶蠻，漸漸無力抗拒，最終竟然進入高潮，丈夫在妻子臉上看到從未見過的表情，那是一種深層慾望被喚醒後且得到宣洩滿足的表情。丈夫的心裡悲憤仇恨恥辱糾結，他恨自己沒能保護妻子，但是更深層的恥辱是妻子從強盜那裡得到的滿足甚於和他之間的歡好，更讓他羞於承認的是，當他親眼看見強盜強姦妻子時，他竟然也因為興奮而勃起。這部電影當時沒讓大鶇印象深刻，電影中激情的畫面非常短暫，只能說是點到即止，大段大段呈現的是男主角也就是那位丈夫的心理糾結，用夢境用脫序的日常行為用畫面隱喻用獨白，用各種導演想到的方式，色調灰暗，看完後，大鶇認為那是導演自以為用藝術的方式探討現代人情慾的壓抑與質變，現在想想，他似乎感受到過去所沒感受到的。

許多個晚上，婕瑤一如過往和大鶇一起坐在客廳看電視，但是大鶇發現她一直沒有放下手機，似乎不斷地使用 Line 和對方聊天，以前婕瑤看電視的時候也是這樣嗎？大鶇回想著，自己似乎並沒有留意，直到那天他發現婕瑤騙他，他才留意起了她，這麼說起來，或者是他疏忽了她嗎？有人說結婚久了，對方的存在簡直像是家裡的一件傢俱，你不會特別感覺到，大鶇原覺得這說法未免太過誇張，現今想想，婕瑤會不會長久以來一直就在他身邊用手機和別的男人情話綿綿，他卻不知道。這個念頭一起，他突然想趁著婕瑤洗澡時，偷看她的手機，繼而又想，如果婕瑤真有外遇，一定會留意不在手機留下任何痕跡。之前，大鶇也曾偷吃，但是絕對不會在手機裡留下任何訊息，他終於沒有偷看婕瑤的手機，後來他也慶幸自己沒有這樣做，不然他更要看不起自己。

也許有人會說，既然大鶇也有外遇，何必對婕瑤騙他的事耿耿於懷，何況婕瑤只是騙他說在開會，然後出去了，並非已經確定另有姦情，而大鶇偷吃卻是他自己心知肚明的。首先，大鶇承認自己偷吃，但是不承認是外遇，因為他完全沒有往下發展的想法，只不過是剛好有機會順勢上了床，幾次後，復又無疾而終，兩造從此不相往來。但是，婕瑤究竟為什麼騙他，騙他之後去做了什麼，他完全不知道。更何況人都是自私的，自己做的事不對，不愁沒有藉口，只是逢場作戲，不會因此傷害婚姻一類的，反過來如果對方也這樣做了，自己卻覺深受傷害，這就是人性啊。

有一回，大鶇和導演說，要不我們也寫一個討論現代人婚姻的故事？導演說，婚姻就是過日子，重點是過下去，不是要拿來探討的。

婕瑤一如往昔上班下班，出門前在頸項間噴灑香水，回家後是殘退的香味，來自同一款香水。來自同一款香水？他為什麼不曾想過，也許她辦公室裡就擺著同一款的香水，揉雜淡淡汗水氣息的消殘香味並不能代表什麼。大鶇折磨著自己，明天要交修訂後的故事，後天開會，孢子究竟傳遞了什麼訊息？一向不關心他的故事的婕瑤，在提出孢子這項建議時，又向他傳遞了什麼樣的訊息？

會議室裡，導演製片輪流抽著菸，薰得他頭疼，他說，我請大家下午茶，要吃什麼喝什麼，鴛鴦奶茶咖啡，蛋塔菠蘿油雞派，大鶇藉此溜出會議室透一口氣。導演說：「可以讓幾隻鳥多一點發揮空間。」製片說：「我小時候看過一本童話故事，有一種花朵生成嘴唇的形狀，被她親吻到了，會被咬掉一塊肉。」大鶇想，那就不叫親吻，叫啃嚙。晃了將近一個小時，大鶇才拎著下午茶回到會議室，助理已經歸結出導演和製片的意見，氛和橙紅的愛情戲要增加，新增星球面臨即將毀滅的危機，大災難後氛和橙紅將繼續繁衍人類。大鶫喝了一口鴛鴦，覺得這個故事比鴛鴦還鴛鴦，當初不知道誰想到把咖啡奶茶混裝在一隻杯子裡。

大鶫將記錄著總結意見的檔案存進電腦，自己的腦子則專心思索要打電話給婕瑤嗎？他依然不知道那天她究竟為什麼騙他？然後又去了哪？走在擁擠的路上，他突然想到施蟄存的小說《將軍底頭》，將軍奉命征討吐藩，麾下兵士意圖騷擾駐地一名美麗的少女，為了嚴正軍紀，將軍下令殺了兵士，自己卻忍不住迷戀少女，甚至幻想肌膚之親，以致在戰場上被吐藩砍了頭的將軍，還一心牽掛少女，騎著馬回到村落，尋到正在河邊洗滌的少女，將軍似乎並不知道自己已經失去頭顱，他彎下腰想要洗手，少女見狀，說：「頭也給人家砍掉了，還要洗什麼呢？還不快快地死了，想幹什麼呢？無頭鬼還想做人嗎？」大鶫記得自己讀到這裡時，心想這美麗的少女說話如此殘忍，將軍這才倒下。狹窄的人行道熙熙攘攘的路人，大鶫不留神連連碰撞，這小說要講的究竟是什麼？他們的電影要講的又是什麼？

他最在意的是婕瑤欺騙他？還是婕瑤背著他和男人亂搞？如果真的有別的男人，那麼他更在意的是情感上的背叛？還是肉體上的背叛？大鶫苦惱地思索著，究竟有沒有別的男人？電話突然響了，他想得太專心，以致被電話鈴聲嚇了一跳，是婕瑤：「開完會了？晚上吃什麼？」大鶫沒心思想，於是說：「你說呢？」「日式放題，好不好？好久沒吃了。」七點以前離座結帳有優惠價，婕瑤說今天主管休假，可以提前離開辦公室，他們直接在餐廳碰面。

大鶫喝了一大口啤酒，雜亂無章的會議，虛妄擬真的思緒，現在冰涼的啤酒比食物更適合他，婕瑤取了一疊生魚片，紅的橘的粉的晶瑩潤澤整齊擺在盤子裡，大鶫掏出手機拍照，心裡卻浮現大樹上以顏色命名的部落族人，他原本構思的大樹部落是矮人，身高不足一米，星球上以化學元素命名的族人卻屬於巨人，身高三米，現在為了成就氖和橙紅的戀情，他們得恢復常人尺寸。

「今天我請客。」婕瑤大口吃著生魚片，看起來心情不錯。

「有高興的事嗎？」大鶫又喝了一口啤酒，就著炸雞肉丸。

「我要在報上開專欄了。」婕瑤說，原來那天她騙大鶫加班是和報社編輯碰面，她覺得談成的機率不大，所以想等有了結果再說。

一個月後，大鶫在報上看到婕瑤的專欄，是一個圖文結合的專欄，她畫了一杯冰淇淋，一個勺子正要舀，杯子後面坐了一個女孩，穿著一件花裙子，長髮，畫面只看得到女孩鼻子以下，看不到眼睛，而那張嘴正等著甜美的冰淇淋。文字寫著：「我終於明白，外遇就像吃到飽的自助餐，你付錢的時候心裡就盤算著一定要夠本，但是無論吃得再多都不會讓你更幸福，只是一時的快感。而婚姻才像是一天一球冰淇淋，雖然算起來付出的成本更高，但是每天都有一點甜蜜，就算這一點甜蜜可能沒法讓你滿足，但是你知道明天還可以繼續，這才是長久的幸福。」

橙紅終於知道他們世代居住的樹不能通天，甚至不如她想像的壯大，這樣一株承載他們生活的大樹，還要扎根於星球的土地上，土地孕育大樹，也孕育其他生物。誰都猜想不到，隨風飛揚的孢子傳遞著致命的病菌，星球上的人臟腑遭到感染，紛紛死去。氖來到樹下，呼喊橙紅，他發燒頭痛劇烈咳嗽，橙紅餵給他醃漬花瓣，花瓣裡的酵素和氖水壺裡的麥茶形成新的元素，新元素繼續發酵，成為治療孢子攜帶病毒的藥方。

氖痊癒了，樹上的人們來到樹下，橙紅依偎在氖的身邊，落日在麥田盡頭，金黃的麥浪不同於大樹枝枒望出去的森林。大鵪飛快地電腦上打著，婕瑤究竟有沒有外遇，他依然不確定，沒有了頭的將軍飛奔回心愛少女的身邊卻遭到嘲諷究竟代表著什麼？在妻子被強姦而高潮時產生性興奮的丈夫是一種怎樣的心理？他都不能確定。既然不能確定，再想下去也徒勞無益，如果孢子傳遞的是病毒，能找到藥方便是萬幸，其餘的就讓它隨著電影畫面出現劇終一起消失吧，此時配樂響起，觀眾心裡微微感動，婕瑤在此時探頭進書房：「晚上吃什麼？」是的，然後便是觀眾走出電影院，彼此討論著：晚上吃什麼？大鶇在電腦上打下最後一個句號，回答：「你說呢？」他明白這才是真實人生，重要的是過下去，而不是反覆思索那些連發生了沒有都不能確定的事……

水果和基因改造

酒店裡餐單上附帶了說明，稱料理中使用的食材如番茄胡蘿蔔玉米大豆等都屬於非轉基因農產品，雲雲覺得每一次的戀情就像是一場改造，所謂轉基因是科學家以指定目標特性的遺傳物質改變原本不具備此特性的農作物，使其具備某一或某些原來未經改造前所不具備的特性。愛一個人何嘗不是這樣，不知不覺間你已經不是從前那個你，具備了過去所沒有的能力，也可能是失去了曾經擁有的能力。

雲雲坐在高鐵上，她拿出手機，沒有像往常一樣撥高達的手機，而是撥了他辦公室的電話，果然接電話的同事說他沒來，今天公司休假。她的懷疑是對的，高達本來答應中秋節陪她回臺中，車票都買了，昨天卻突然說公司要加班，沒法陪她回去，那時她就懷疑高達另有計畫，知道她要回家，不在臺北，沒法突擊檢查，他就可以安安穩穩地背著她和別的女人幹些勾當。這個念頭一起，雲雲心頭的火愈發壯大，這兩個月高達的行蹤詭譎，讓人不得不起疑，是不是他已經背著她偷吃。雲雲緊接著撥了高達的手機，她嬌聲問：「在哪呢？」

高達好整以暇地說：「公司加班。」

「好辛苦哦，我買了早餐給你送來，在樓下呢。」雲雲試探著。

「什麼？」高逵的訝異從手機裡掉出來漫淹了一地。

「你下來接我一下，沒有門卡，我進不去，警衛巡樓去了。」雲雲繼續編。

「我這會不在辦公室，剛出去開會。」

「去哪開會，我去等你。」

「你這會不是在高鐵上嗎？」

「我想想不該自己一個人回家過節，把你留在臺北加班，所以決定留在臺北陪你。」

「雲雲，別開玩笑了，中秋節沒回去，你爸媽會失望的。」

雲雲想，果然有鬼，高逵這麼怕她不回去，一定是另有安排，怕她攪局。

「我和爸媽說過了，下個週末你再陪我去看他們。」

「別別，你趕快上車，你在車站吧，故意和我鬧著玩。」

「我不在車站，在你公司樓下，剛才打電話去你辦公室，你同事說你今天不加班。」

「他不知道，我今天開會呢，在客戶這兒。」

「我馬上來，你手機別關。」

雲雲說著，站起身，決定下車去找高逵，看他能玩出什麼把戲。踩著高跟鞋，她顫顫巍巍推著行李，剛走到車廂門邊，列車啟動了，她暗罵一聲，怎麼開車了？

雲雲想，只能到下一站下車，再搭乘往回走的下一班車了。

她將拉桿箱重新放回行李架，回去位置坐下時，身邊原本空著的位置坐了一位年輕的男士，穿著得體入時，面貌斯文俊朗，見她要坐進裡側靠窗的位置，立刻起身讓出。雲雲想她旁邊這個空位昨晚還是高逵的，都十二點了，他說今天要加班，才退的票，男人的票是今天臨上車才買的吧。

雲雲望著車廂盡頭的燈箱顯示幕，這趟列車下一個停靠站是新竹，如此一往一返，回到臺北至少要一個小時，如果高逵不肯告訴她在哪？她要去哪截堵他呢？她思索著，眼睛一勁飄向窗外，身旁的男人說：「你很特別，多數人都是上車一坐下就先看手機，女孩尤其是這樣。」

雲雲有點訝異，對於他突然開口和自己說話，這算是搭訕嗎？其實她原本也是一坐下就看手機的，只是這會兒剛發現高逵欺騙她，所以無心看Line，心裡忙著盤算著接下來的行動。

雲雲沒有回答，只是側臉看了男人一眼。

男人說：「我是設計手機遊戲的，大家看不看手機對我很重要，低頭族愈多對我愈有利。」

雲雲還是沒有搭腔。男人繼續說，他叫肯，從美國來亞洲出差，昨天剛從韓國到臺灣，待會要去臺中開會，這是他第一次去臺中。

「我也是去臺中。」

「那太好了，臺中哪裡好玩？有什麼好吃的？我最喜歡小吃。」

「你中文說得很好，是從臺灣到美國的嗎？」

「我是美籍華裔，爸爸是天津人，媽媽是臺灣人，小時候去過外婆家，在臺北。」

雲雲友善地給了肯一些建議，哪裡好逛，什麼好吃，肯聽了很感興趣，問東問西，最後索性提出邀請：「你願意當我的嚮導嗎？帶我逛臺中。」

雲雲猶豫了，對於肯的提議，她卻沒發現自己在不知不覺間已經放棄趕回臺北截堵高逵了。

肯似乎沒有意識到雲雲正在猶豫，他繼續問，你還沒告訴我你的名字，她大方地說了：「向雲雲。」

「哪幾個字？」

「方向的向，雲朵的雲。」

「好美的名字，雲的方向，很適合你，美麗瀟灑。」

瀟灑？雲雲心裡有點酸，這提醒了她就在剛才還嫉妒得快要發狂，一心盤算如何回臺北截堵出軌的男友，哪裡瀟灑了？雲雲若有所感，她忽然想到，高逵怎麼沒有打電話給她？難道他篤定她會獨自回臺中而不會折返回去找他嗎？醋意燃起，雲雲立刻撥電話給高逵，關機，高逵為了躲她，連電話也關了，她知道等她找到他，他會理所當然地回答：和客戶開會所以暫時關了電話。雲雲和高逵交往三年，有結婚的計畫，現在雲雲卻覺得沒把握了，高逵對這段情感進入倦怠期了嗎？

「我們互換微信，好嗎？」肯說，他臉上的笑容顯得心無城府，正在氣頭上使得雲雲覺得自己沒有拒絕的理由，便加了肯。

車到臺中，他們一起走出車站，肯上計程車時和雲雲說，開完會聯繫你。

整個下午高逵的手機都沒開，晚上雲雲帶肯逛夜市，約了第二天去鹿港，肯說他的爸媽都喜歡〈鹿港小鎮〉這首歌，他小時候聽得都會背了，也想去看看媽祖廟。

午夜時分，高達才在Line上出現，要雲雲體諒他為了工作的不得已。雲雲已讀不回，她不相信他是為了工作，女人的直覺告訴她，高達身邊出現了令他心猿意馬的異性。

第二天，雲雲陪肯開著租來的車去鹿港，肯個性活潑，全然一個大男孩，他們漫步鹿港，吃蚵仔煎，買牛舌餅，肯說兩天後才去臺南開會，明天雲雲願不願意陪他去日月潭？雲雲答應了，原本高達答應她，這個連假要帶她坐日月潭纜車，然後去走天空之橋，現在她依舊可以完成這一趟行程，只是身邊換了個人。

身邊的人不同，風景也會因而不同嗎？人與位置究竟有著什麼樣的關係？雲雲思索著。

肯的腦子裡沒想這些，他希望全世界的人都玩他設計的手遊，他們工作室每個月都推出新遊戲，這些遊戲不但免費，還不定期推出送手機的優惠，表面上看是工作室結合了手機製造商和電信業者做促銷，事實上他的獲利來源是玩家的個人資料，只要他開始玩，他的資料就會源源不斷進入他們的系統，年齡、性別、生活習慣、飲食喜好、情感傾向、家庭關係，一直到使用的沐浴乳、洗髮精、衛生紙品牌，偏愛的顏色、溫度、觸感、氣味等等，這些基本資料納入系統之後，肯的工作室對於他們的玩家比玩家本人，比玩家的爸媽、玩家的情人，都要更了解系統另一端的手遊玩家。

為了跨越國界，肯設計的手遊不使用語言文字，純圖像，而圖像千變萬化，又予人無止境的想像空間，各種葉片可以組合出新奇的遊戲，各種禽鳥也可以，他們還有一款遊戲說穿了就是挖坑，玩家到處挖坑，可能挖到煤鐵銅錫，也可能挖到鑽石黃金石油，前者可累積投資，後者可一夜暴富升級，但是挖到地雷就前功盡棄，挖到潛伏的瘟疫，更是滿盤皆輸還得設法圍堵，挖到木乃伊則會遭到詛咒，而詛咒又開啟了另一輪遊戲空間。

肯喜歡手機裡的世界。

當然這並不代表他不喜歡現實世界，好比現在和雲雲一起踏在南投信義鄉的透明橋面上，風從身邊吹過，腳下明明踩著實物，卻每踏出一步都讓人覺得即將踩空，眼睛望著身體下方深達六十公尺的坪瀨溪谷，那種驚心動魄與心曠神怡俱在，他不是那種只宅在家的電腦人，戶外室內他皆可生存，猶如手機遊戲裡的鼠族，從看不見的錢鼠轉變為下水道灰鼠，再進階至澳洲草原袋鼠，最高階可成為太空飛鼠，飛進浩瀚宇宙。

雲雲拿著手機拍照，不小心踩滑了，其實也不是真的踩滑，是透明的橋面讓她產生了錯覺，她緊張得尖叫，肯立刻從身後護住她，將她整個人攬進懷裡，說：「沒事，我抓住你了。」

肯並不知道雲雲正在煩惱，如果他知道也無法理解，對他而言愛情是過時且不需要存在的玩意兒，所以他邀請雲雲同遊純粹是因為可以提高玩的樂趣，和把妹完全無關。

天黑前，肯開車離開日月潭，美麗的湖光山色似乎真有洗滌心靈的作用，雲雲拍了許多照片，還故意上傳臉書，她想引起高逵的忌妒，她因為醋意勃發，反而刻意強迫自己冷靜，於是想通了，與其猜忌高逵苦苦追蹤，不如反過來讓高逵擔心她，為了防止對方腳踩兩條船的這一方，通常無暇情感出軌。

果然，還沒回到臺中，高逵已經在臉書上問：和爸媽一起去天空之橋嗎？

雲雲知道他在試探，故意不正面回答，只說正在回家路上。

「什麼時候回臺北？我去接你。」高逵的訊息立刻跟至。

「還沒買票，上車發給你。」雲雲簡單回覆，好讓高逵繼續猜疑。

肯是不會花這些心思的，也不想明白其中曲折，他覺得愛情就像一款他曾經玩過別人設計的手遊，螢幕上會不斷跳出各種不同水果，西瓜、鳳梨、櫻桃、奇異果、水蜜桃，你必須搶在水果掉落前砍中水果，水果被切開之後，不同顏色的鮮豔果肉中有果核，各種顏色的果汁噴飛到眼前，你幾乎就要嗅到水果的酸甜香味，這是肯目前正在追求的效果，視覺之外還要增加嗅覺的誘惑。玩家可以創造自己不同線條的白色刀光，橫打豎打曲線打，刀光劍影會依照手指在螢幕上的觸碰而變化，這遊戲簡單，但要拿高分卻不容易。切中水果可以得分，水果逃出玩家的刀則會丟分，如果切到炸彈，馬上出局。所以玩法就是要切到水果，避開炸彈，和愛情一樣，要挑中真心愛你的，避開假意哄你的，面對愛你的對象時，回應了他的心意可得分，漏失了他的心意則會失分。愛情原是人的本能，但是經營圓滿的人卻少之又少。

肯寧願玩遊戲，隨時可以開始新的一局，不傷心，不傷神，只要一個按鍵。

雲雲回到臺北，高逵來接她，他提議去雲雲最喜歡的串燒餐廳吃消夜，車上，他假裝不經意地提起：「你在天空之橋的那張照片拍得很好，取景好，神情也抓得好，不會是你爸拍的吧！」

「我爸媽沒去。」

「那你和誰去的？」

「和一個小學同學，我們在車上遇到，他和家人移民美國，回來看外婆。」雲雲把肯做了下修改。

「男的女的？」

「男的。」

「青梅竹馬啊。」高逵果然提起戒心，雄性間的競爭使得他不能掉以輕心。

正說著，雲雲的手機叮一聲，是肯傳來的訊息：「我下個週末去臺北，有空帶我逛逛嗎？」

「青梅竹馬傳來的？」

「什麼青梅竹馬，以前小學同學的電話他都沒有，剛巧遇到我，只能和我聯繫。」

「要約你。」

「他問能不能多約幾個同學聚聚。」雲雲隨口編了個理由，心裡想高逵是不是也時常這樣騙她？

雲雲沒有立刻回覆肯，她想稍稍吊下肯的胃口。

高逵明顯比平常殷勤，一方面因為覺得雲雲身邊似乎有了其他追求者，另一方面也因為自己連假期間背叛了雲雲，差點被發現。

等吃完消夜，高逵送雲雲回到住處，雲雲才回覆肯：「好啊，週末你想去哪？」肯的訊息立刻傳來了：「我們去故宮博物院，然後吃烤鴨。」

雲雲想，看來他一直在等自己的回覆，她發了一個OK的手勢，心裡有點虛榮也有點不安，因為想起在天空之橋上，肯將她攬進懷裡時說的話：我抓住你了。

週末，雲雲還在想著怎麼騙高逵，高逵先開口了：「我要到臺南出差。」雲雲嘟起嘴，做出失望的表情，心裡卻鬆了一口氣，她不需要騙高逵了，是他自己有事不在臺北，不然他們三人可以一起去吃烤鴨啊，畢竟一隻烤鴨兩個人吃太多也太悶。才放鬆的雲雲轉念間又想，高逵是真的出差嗎？還是背著她和別人約會？但是，自己不也是嗎？矛盾糾結讓她什麼也沒問，吃了一大口檸檬慕斯嚥下自己的疑惑。

位置和人之間有必然或絕對的關係嗎？還是只是剛好遇上，雲雲思索著。好比在高鐵上，肯買了高逵退掉的票，坐了原本屬於高逵的位置，因此成了雲雲身邊的那個人。

「卡本內蘇維翁是兩種葡萄雜交後而來，其中的黑醋栗以及胡椒氣味來源於卡本內，其他香氣來自蘇維翁。而另一款紅酒的葡萄品種是梅洛，果實含糖量略低於卡本內蘇維翁，因為果皮薄，單寧含量也較低，梅洛釀造的葡萄酒有櫻桃、草莓、黑莓及桑椹的氣息。只用單品種梅洛釀造出來的新鮮型葡萄酒，呈現漂亮的深寶石紅，卡本內蘇維翁則顏色較深且帶紫色，也許因為梅洛的單寧低，雖然果香優雅柔順卻反而給某些人一種配角的印象，所以南非的酒莊常將梅洛與卡本內蘇維翁混合釀造。」選酒會議上，雲雲和廚師討論菜單搭配的酒時這樣說明，心裡卻聯想到肯和高達，每一款酒顏色氣息味道都不同，沒有絕對的好壞，要看個人偏好，更何況紅酒的味道會受搭配食物的影響，就好像戀愛中的人對自己的感覺會受對方影響，原來紅酒的滋味和愛情的滋味原理竟然如此相似。

雲雲拿著最終決定的餐會酒單，那是飯店下週舉辦的萬聖節派對要用的，一走出會議室，手機便有訊息進來：「請看樓下。」

雲雲狐疑地望向中庭，下午時分，中庭有現場鋼琴演奏，旁邊是喝咖啡的客人，突然她看見一個頭戴鴨舌帽的男人和她揮手，是肯，他怎麼在這？還沒到週末啊，雲雲急忙下樓，肯遞給她一盒布丁，笑說：「我上網查的，臺南十大最受歡迎伴手禮之一喔。」

雲雲正想問肯怎麼會在這，肯已經自己先回答了：「我決定就住你們酒店，還有地鐵到我外婆家，挺方便的。」

「我以為你會住外婆家。」

「他們睡得早起得早，我住那大家都不習慣，住這我可以常常去看他們。」

肯說的是實話，反正他本來就要住酒店，那就乾脆選雲雲工作的酒店。

雲雲卻以為肯是為了製造機會來接近自己。

這兩者的動機截然不同，但眼前所看到的現況卻一致，所以動機論和結果論，何者更接近真實？或許真不是三言兩語說得清。

雲雲和肯一起看了翠玉白菜，吃了烤鴨三吃，她告訴自己：這只是一個偶然插曲。

而高逵在畫建築設計圖的空檔裡，以交換意見為由，和室內設計師一起吃了晚餐，還到陽明山看夜景。

如果照高逵的想法，不同水果有不同的魅力，那麼室內設計師也許是水蜜桃，芳香甜美多汁。但是雲雲既不是櫻桃也不是奇異果，雲雲是排骨飯，是牛肉麵，也許你不會想天天吃，卻是生活不可或缺的基本配備。高逵很明白，自己雖然受到水蜜桃的誘惑，但是他絕對不會拿排骨飯去換水蜜桃，必要時，當然是捨水蜜桃保排骨飯，這一點他很清楚。

那麼，實質出軌的部分高逵是難辭其咎，但是要論精神出軌或許雲雲還更多些，至少她曾經心猿意馬過。

肯要回美國了。

雲雲猶豫著，她愛的是高逵，更何況她和肯根本沒有發展的可能，遠距離戀情有太多變數。

手機響了，有訊息，是肯：「我要登機了，LA有許多好玩好吃的，歡迎來度假。」後面是一則貼圖，可愛的白色小狗捧著一束紅玫瑰。

雲雲咬了咬牙，決定重新整理自己的心情，她發出回覆：「和你一起很開心，但是我有男朋友了。祝一路順風。」

肯收到後看了，有點不解雲雲的意圖澄清，他原想再發一則：「帶妳男朋友一起來玩，我當地陪。」但是機上已發出關閉電子產品的廣播，於是他便關了手機，十二個小時後，飛機即將在洛杉磯降落，看了兩部電影又睡了一覺的他換回美國的電話卡時，已經完全忘了方才那則簡訊。

雲雲反而釋然了，原來出軌並不代表有異心，她並不想和高逵分手，也不想接受肯的追求，她只是在吃慣了中餐的生活裡，偶爾嘗試異國料理，並且藉此讓高逵有點警惕。雲雲想起她工作的酒店裡餐單上附帶了說明，稱料理中使用的食材如番茄胡蘿蔔玉米大豆等都屬於非轉基因農產品，雲雲覺得每一次的情感交往就像是一場改造，所謂轉基因是科學家以指定目標特性的遺傳物質改變原本不具備此特性的農作物，使其具備某一或某些原來未經改造前所不具備的特性。例如導入蘇力菌中可使玉米具有對抗某種田間害蟲的能力；將細菌與黃水仙花中的基因轉殖到水稻中，這一種名為黃金米的水稻便能合成β-胡蘿蔔素。愛一個人也是這樣，不知不覺間你已經不再是從前那個你，具備了過去所沒有的能力，也可能是失去了曾經擁有的能力。

那麼，和高逵在一起之後，她變得比以前好？還是比以前差？雲雲的疑慮卻沒在高逵身上出現，高逵不曾想過自己是否和以前不同，但是他知道當他們結婚，他們會從兩個人變成三個人，甚至四個人，而這是他一個人不可能達成的，一個家，有擁抱時完全依賴他的柔軟小小孩，這是他要的。就好比卡本內和蘇維翁，合成一體比兩個單獨存在更有未來性。

只是雲雲不知道，那一場小小的出軌，是她的一廂情願，肯完全沒和她交往的意圖，如果她不發那則訊息給肯，肯回去後也不會想起來要和她聯繫，他離開前發的訊息其實只是禮貌性的邀請，對肯而言，她就像是螢幕上出現的櫻桃，可愛甜美，相處愉快，肯沒想過這水果是否經歷過基改，或者是否會因此出現變異，他覺得和她一同出遊比自己獨個人生地不熟的瞎摸更有趣，只是如此。如果不是她，也可能會是別人，櫻桃草莓奇異果，對肯而言都很好，水果本身會不會因此改變不重要，只要相處愉快，就算得分。

兩年後，雲雲和高逵一起坐上臺北往臺中的高鐵，懷裡抱著六個月大的寶寶，列車行駛中，雲雲想起在車上遇到的肯，她慶幸自己沒有三心兩意，堅持守護擁有了今天的幸福，身邊的位置依然屬於高逵；坐在位置上的高逵正安心地打著盹，他夢到了身材火辣的水蜜桃，他還是禁不起嘗鮮的誘惑，但是眼下為兒子換尿布已經讓他累得寧願補眠，無力偷腥。

千里之外，肯又發展了一款新的手遊品酒師，各種水果穀物都是釀酒原料，釀製過程可以互相調配，種植階段還可以互接產生新品種，這個點子來自於之前到亞洲出差時遇到了一個女孩，女孩叫什麼呢？叫……算了，想不起來了，重要的是他又完成了一款遊戲，繽紛精采鮮豔迷人。

別人的愛情怎麼開始

那種有店主生活痕跡的小咖啡店，通常是做熟客生意，一般客人不喜歡這種匿蹤性極低的店，但是依賴熟客的結果最後往往是歇業，而連鎖咖啡店店員和顧客間的匿蹤性都高。在香港工作的她平時獨自吃飯，下班獨自回家，一段時間過去，倒也習慣了，聽不明辦公室的流短蜚長，反而安靜。所以對她而言，整個香港的匿蹤性都很高，只是她不知道，關於她的行蹤隱匿性正在瓦解。

臺灣

坦白說，我並不知道這件事是怎麼開始的，如果你以為是我忘了，我可不這麼認為，忘了的事至少曾經發生過，應該有個過程，好比出門忘了帶鑰匙，可能是你前一天回家時，開了門便把鑰匙擺在進門處的鞋櫃上，忘了放進公事包裡；又好比在爐子上燒了一壺水直到燒乾了才發現，可能是中間接了個電話，因此忘了原本想泡茶；所謂忘了是即便你想不起來確切的細節，至少有推測。但是，琴芳的出現不是，她是猛地裡憑空冒出來的，就像笑話說的，天上掉下個林妹妹，琴芳當然不是林妹妹，她身強體健，不多愁善感，說話帶有一點南部口音，爽朗到嚇人的地步。

好吧，既然我說不知道這事是怎麼開始的，那麼就從我記得的部分說起，五月裡的一天，我在超市選好東西正等著結帳，突然有個女人喊我：「剛才我不是說要你在熟食櫃前等我嗎？」我四面張望，以為她在和別人說話，她卻大剌剌將兩包衛生棉擱進我的購物車裡，一包超薄型，一包夜安型。我尷尬地望著她，問：「你認錯人了吧。」

「左安，好啊，和我玩失憶。」女人不理會我，逕自站在我身旁。

他知道我的名字？她為什麼知道我的名字，是偷拍節目嗎？看看我有什麼反應？找一個年輕貌美的女人假裝和你很熟，看看目標擇定的男人會不會將錯就錯下去，但她為什麼知道我的名字？如果是結帳後，那麼可能是從付帳的信用卡，但是我還在排隊，製作單位進行過調查？隱藏式錄影機在哪？我再度四處張望。

「裝嘛。」女人說，那語氣彷彿面對的是一個調皮的孩子。

輪到我結帳了，女人把購物車裡的東西拿上櫃檯，包括那兩包衛生棉，我突然發現有一款髮膜是我剛才沒看見的，她什麼時候放進來的？還有一罐鴨肝醬，算了，這是一種新的詐騙手法嗎？等我結完帳，她就拿著她的東西揚長而去？我默默掏出信用卡，收銀員從卡中扣了錢，我將我買的東西放進購物袋，衛生棉髮膜面霜留在收銀臺，女人不滿地說：「左安，你吃錯藥了啊。」接著胡亂把東西塞進我的袋子，攬著我的臂彎往停車場走。

「小姐，你究竟是誰？這樣讓別人看見了不好，我是有太太的男人。」

「真好笑，我當然知道你有太太，你太太就是我啊。」

「別開玩笑，我太太怎麼會是你呢？」我壓低聲音說，怕引起別人注意。

「你還要玩，拿出你的身分證，看看配偶欄登記的是不是沈琴芳。」

「當然不是，我太太叫……」我邊說邊掏出皮夾，抽出身分證，女人一把奪去，指著配偶欄，沈琴芳三個字硬是把我已經到嘴邊的徐意楓給嚥了回去，這是什麼整人節目，整人應該不會做到這地步吧，假造身分證？我翻來覆去看著手中的身分證，找不出異樣。

我目瞪口呆，不知該做何反應，女人掏出遙控器對著車子按下，回頭說：「我開吧，不知道你今天哪根筋不對。」

我怔怔地坐上車，心裡想，就算身分證掉了包，家裡掛的結婚照，還有電腦裡蜜月旅行一百多張夏威夷的照片，不可能都變成這個沈琴芳吧。女人熟練地開著我的車，在羅斯福路的巷子裡找了停車位，我們拿著超市買的東西，像尋常夫妻一樣，雖然一點也不尋常，女人說：「晚上吃牛肉麵吧，出門前我把牛肉放進燜燒鍋，應該夠爛了。」牛肉？意楓不吃牛肉，和她結婚快兩年，我只自己在外面吃過牛肉，家裡從來沒出現過牛肉，意楓連牛肉的味道都不喜歡。我們來到家門前，我心裡暗想，騙局馬上要拆穿了，會不會偷拍節目的人正等在家裡，也許他們和意楓串通了，我掏出鑰匙開門，手中的購物袋立時掉到了地上，發出巨響，還好裡面只有罐裝啤酒，沒有玻璃瓶紅酒，我並沒有被電視節目裡常看到的門一打開，一群人大喊 Surprise 嚇到，沒有人，家裡並沒有人，客廳牆上掛著巨幅照片，照片中穿著白紗的女人竟然是現在站在我身邊的沈琴芳，意楓呢？意楓哪去了？他們把她怎麼了？我的背脊發涼，如果這不是整人節目，那麼意楓呢？意楓現在哪？

那個叫琴芳的女人偏頭看了看我，幫著我撿起散落一地的東西，說：「左安，你是不是不舒服？要不要去房裡躺一下？」

是的，去房裡，我跌跌撞撞進到房裡，打開電腦，找出蜜月照片的文件夾，見到了最不可思議的景象，你猜對了，照片裡沒有意楓，全是沈琴芳，更不可思議的，我還是那個我，在夏威夷沙灘牽著琴芳，是合成照片嗎？為什麼要這麼大費周章？我不是什麼重要的人物，誰會費這番功夫？目的是什麼？現在對我最重要的是意楓的安全。誰可能會知道？我出門去超市前，意楓還在家裡啊，她說要趕一份企劃書，中午以前要發給客戶，她的同事糖糖會知道嗎？糖糖和她感情最好，進辦公室的日子幾乎都一起午餐，我拿起手機，不能打電話，講電話的話沈琴芳會聽到，我用 Line 發訊息給糖糖：「意楓呢？上午和你聯繫過嗎？」一會兒，糖糖回覆了：「左安，你還好嗎？是不是發生了什麼事？」我飛快地輸入：「你一定不相信，意楓不見了，有另一個女人說是我太太。」糖糖回覆：「是你自己娶了別的女人，意楓上個月也結婚了。」什麼？這是什麼意思？怎麼可能？我想起多年前看過的一部電影，因為一架飛機失蹤，所有和飛機上的乘客認識的人記憶都遭到修改，沒人再記得和飛機一起失蹤的人，就彷彿他們不曾存在過，難道現在也有人對我對意楓對我們周遭的人進行了記憶修改嗎？為什麼？糖糖又傳了訊息：「你們分手三年了，放手吧。」為什麼我沒有這三年的記憶？卻清楚記得一個多小時前我出門時，意楓說：「等你回來，我們一起去河堤公園散步。」

我的 Line 群組中果然沒有意楓，一定已經被刪除了，但為什麼糖糖沒被刪除呢？顯然糖糖不是目標，所以被忽略了，我記得意楓的手機號，發了簡訊卻一直沒有回覆，整個心懸著沒法放下，琴芳喊我：「吃麵了。」我意識到這個陰謀遠比我想像的大，為了怕加深琴芳的懷疑，因此若無其事出來吃麵，餐桌上兩碗熱騰騰的牛肉麵，香味四溢，還有一碟涼拌土豆絲，一碟滷海帶豆干，琴芳的手藝顯然比意楓高明。牛肉麵的味道雖好，我卻食不下嚥，只是得讓對方失去戒心，所以勉強吞下麵和桌上的小菜，等琴芳去洗澡時，我傳 Line 給糖糖：「意楓不回我簡訊，她真的沒事嗎？」糖糖倒很快回傳：「左安，你怎麼了？公司調意楓去香港工作，已經三年了，就是你們分手後不久啊。」

三年前，香港

奈良一家小咖啡店，有店主的生活痕跡，這樣的店做的都是熟客生意，一般客人不喜歡這種匿蹤性極低的店，但是依賴熟客的結果往往最後是歇業，而連鎖咖啡店店員和顧客間的匿蹤性都高。讀日本作家恩田陸的小說《追逐白晝之月》，意楓看到這樣一段描寫，想起前幾天去銅鑼灣的太平洋咖啡，她點了一杯卡布奇諾，咖啡杯裡泡沫潔白一片，不像一般咖啡店卡布奇諾有漂亮的拉花，當時她就想念起臺北民生東路巷弄裡的小店，用肉桂粉或巧克力粉在白色泡沫上做出的小熊圖案。

那天意楓站在櫃檯前，用普通話點了卡布奇諾，店員便也以帶著廣東腔的普通話回答她，站在旁邊的男人說：「你的普通話說得真好。」意楓轉過頭去，男人說：「我不是說你，是說這個年輕人。」他指了指店員，然後補充：「你當然說得好，是從國內來的吧。」國內，意楓對於這樣的說法有點不知該怎麼說，便回答：「臺灣。」接著轉頭問店員，她可以將剛才點的卡布奇諾改成早餐套餐嗎？意楓想要加一個牛角麵包，店員說：「可是收據已經打了。」男人立刻接口：「我請小姐吃一個牛角麵包好了，我要美式熱咖啡。」意楓連忙拒絕，還來不及向店員說她另外付錢買一個，店員已經做出解決：「先生選擇一份早餐套餐，附牛角麵包，小姐將差價給先生，這樣和小姐剛才點套餐，先生單點美式咖啡是一樣的。」男人說：「good job，是個好員工。」意楓將差額遞給男人，男人不肯收，說只是八塊錢，見意楓十分堅持，後來才勉為其難收了。

意楓挑了角落的桌子，故意拿了一份報紙，怕男人要和她同桌，男人還是厚著臉皮在她對面的空位坐下，意楓環視店內，雖然在香港併桌很一般，但這個時間太平洋咖啡裡七成的位置是空的，男人說：「我沒別的意思，只是好幾天沒和人說過話，悶得慌。」意楓心軟了，她在香港的生活也是這樣，同事或說粵語或說英語，一說普通話就打結，她也經常幾日沒說話，公務聯繫常用通訊軟體以文字達成溝通，總是獨自吃飯，下班獨自回家，頭幾個月有時孤單地覺得自己好淒涼，半年過去，倒也習慣了，聽不明辦公室的流短蜚長，反而安靜。所以對意楓而言，整個香港的匿蹤性都很高，只是她不知道，關於她的行蹤隱匿性正在瓦解。

男人說自己叫馮飛，才來香港兩個月，也是公司外派，原本在天津，雖然都是港口城市，他對香港並不習慣，一心想調回去，公司說怎麼也得再等一年。意楓說：「過一陣會習慣的。」馮飛笑了：「我可不想習慣，若能習慣，那就表示我變了。」意楓突然覺得這句話意味深長，她變了嗎？她天天用通訊軟體和臺北的朋友聯繫，每三個月回臺灣一次，香港的她和臺灣的她的確不一樣，臺灣的她有許多朋友，如果問香港同事對意楓的印象，肯定是不合群、沉默寡言、孤僻，她也無所謂，因為她覺得只要做好分內工作，自己有孤僻的權利。

馮飛開始約意楓吃飯，一開始一週約一次，意楓當他是寂寞，好不容易遇到一個使用同樣語言的人，工作地點又都在銅鑼灣。幾個月後，變成一週兩次、三次，接著每逢週末，便和意楓商量做什麼，大欖郊野公園爬山，西貢吃海鮮，淺水灣喝咖啡，赤柱逛街。意楓發現馮飛也許還是不習慣香港的生活，但是在他還沒調回天津前，他們先習慣了彼此。

天津

質數（Prime number），又稱素數，指在大於1的自然數中，除了1和此整數自身外，無法被其他自然數整除的數。質數在數論中有著非常重要的地位，最小的質數是2，也是質數中唯一的偶數，其他質數都是奇數，所以除了1、2、3，質數與質數不可能相連，好比11和13，17和19。

看到這一段敘述的時候，馮飛想到的是關於他家族的詛咒，他的曾祖父愛上了意楓的曾祖母，但是因為家裡反對，為了顧及孝道，選擇忍痛分手，意楓的曾祖母也在父親的安排下嫁給了別人，懷抱遺憾度過一生，長年不幸福，她暗暗詛咒馮家人丁獨薄，她倒也不算惡毒，沒有詛咒絕子絕孫，結果馮家無論生下多少孩子，最終都只留下一個男丁。難道真是詛咒靈驗了，曾祖父原有三個兄弟，婚後要不無出，若生下孩子竟都夭折，唯一長大的是馮飛的祖父和一個堂弟，這個堂弟竟然在結婚當日猝死。祖父這才聽聞詛咒一說，先是不信，但自己生下的一男一女，竟也因意外離開人世，當妻子再度懷孕時，流淚和丈夫說：不管詛咒可不可信，我不能冒險，就找她家結親吧，她總不忍心傷害有自家血脈的孩子。因此祖父託了人前去提親，意楓的祖父在母親留下的妝匣中真的找到一捲塞在銀釵裡由髮絲祕密纏繞的紙片，紙片上是一道符，他半信半疑，但因不願意母親的咒怨毀人一家安靜，便同意了這門親事。幾個月後兩家孩子出生，果然一家生男，一家生女。原以為禍事可以停止，不想，意楓的祖父帶著剛出生不久的女兒去了臺灣，一去數十載，馮飛的父親只好另娶，畢竟是未出生前的婚約，更何況在破除封建迷信聲中長大的他，完全不信詛咒之說，直到他也失去了親生孩子，馮飛的哥哥因為傳染病年僅三歲便夭折。學數學的父親和馮飛解釋質數，他說：「所有的質數都是奇數，我們遇到誰，都難以幸福成雙，只有他家的女兒，對你來說，他家女兒就是唯一的偶數。」

所以，馮飛和意楓的相遇不是偶然，是一連串精密的安排，三年前秋天意楓在臺北和交往多年已經論及婚嫁的男友分手，翌年一月她接受公司調派至香港工作，夏天結束時遇到馮飛，馮飛用盡心思追求，她終於答應和馮飛舉行婚禮，接著將移居天津。馮飛用盡心思，就連意楓和男友分手，也是馮飛一手策畫。

六十年前，馮飛的父親馮遠鵬和意楓的母親莊思指腹為婚，現在聽來覺得不可思議，六十年前這種事也不多見，馮遠鵬的父母和莊思的父母都受過教育，又剛經過五四新文化運動的洗禮，怎麼會做如此封建守舊的事，實在是因為有隱情，使得他們相信天地間的未知力量沒法解釋。

因為不忍違逆父親，馮飛先是找了徵信社調查意楓，知道必須破壞她的戀情，才可能尋機靠近，他拿著那張幾乎破損的符，經人引介，燒符作法，意楓的前男友左安恍如變了一個人，為時三年，三年後雖又回復，但是木已成舟。馮飛不是沒有想過，家族裡的不幸，一開始也許是因為巧合，巧合發生了一次，便有了心裡暗示，於是又再發生，終於深信不疑。但是他答應了父親，他無法拒絕含淚的老人，那是他在世上唯一的牽掛。

如果左安和意楓是質數1和2，那麼，馮飛就是3，他們彼此相連，他必須破壞意楓已經擁有的愛情，才能成就自己。而他在遇到意楓之後，很快就發現，自己真的愛上了意楓，那不僅是為了完成父親的心願。他愈發害怕意楓發現真相，他告訴自己事已至此，不可能重回原位，畢竟琴芳無辜，重回原位只會傷害更多人，他可以給意楓幸福。

五年後，臺灣

五年前，我不知道自己是怎麼失去那一段記憶，除了我為什麼和意楓分手，怎麼和琴芳開始，其他的部分我並沒有忘，我的工作我的生活都如常進行，甚至還升了職。我懷疑自己是否曾經將琴芳誤認為意楓，但是她們兩人除了同為女性，相似之處甚少，外型個性生活習慣，幾乎都不同。

琴芳並不知道我缺失了一段記憶，不知道這缺失改變了我的人生，甚至不知道因為這缺失我們才在一起。但是，那一段空白，我再怎麼遮掩，琴芳依舊感覺得到，她簡單地理解為我沒有以前愛她，而事實更殘忍，是我根本不知道自己愛過她。

我們之間出現了隔閡，有時候一種疏離冷清的氛圍瀰漫家裡，琴芳就像是一個陌生人，大概是因為這樣，當公司派琴芳去上海任新職時，她沒和我商量，便同意了，她只在翌日早餐桌上說：「公司會讓我升職經理，薪水調高百分之三十，任職上海期間提供住房。」我說不上贊成不贊成，反正她也沒問我意見，她說月底去，我問她要不要我去陪她幾天，也許可以一起做些採買生活用品的雜事，她淡淡地說：「公司同事會幫忙。」算是拒絕。

我沒有堅持，若堅持也是虛矯，我知道，琴芳也知道，我們還知道對方知道。所以我只送琴芳到機場，這是最基本的了。琴芳帶了兩隻大皮箱，託運後，進關前，短暫的尷尬，一般夫妻應該會在此時囑咐對方些什麼？不要熬夜啊，記得吃維他命，約定通電話時間一類，但我們沒有，我本來想說：我會想你的，畢竟在一起這麼多年，但當她說：「我進去了，你回去吧。」我抱了她一下，脫口而出的是：「如果不喜歡那兒，隨時回來。」琴芳淡淡笑了，轉身走進閘口，我望著她的背影，心裡想，日後我若回憶她是哪天離開我的？我將知道，就是今天。

我心裡空空的，不是捨不得，不是寂寞，就是身體裡有個洞。我走往停車場，就在這個時候，我看見了一個熟悉的身影，在闊別七年後，意楓，她的頭髮剪短了，身材沒變，臉龐沒變，但是神情不太一樣，以前她的眼神有一種童稚的天真，如今在嫵媚中揉雜理智，八年，一個女人從二十八歲到三十六歲，人生是不一樣了吧。我幾乎是不假思索地喊出了她的名字，意楓回頭，愣了一下，我意識到，她在回頭之前，已經先從聲音認出了我，這些年她是不是反覆想起過我，溫習過我的聲音，我的神態，我們重逢的場景，結果是在機場航廈，我問：「你好嗎？」意楓沒回答，我想這不是個好問題，她若說好，有敷衍客套之嫌，她若說不好，似乎對我心存怨懟，也顯得我太重要了。於是我改問：「回來還是出去？」意楓說：「回來。」

「從香港？」

「我現在住天津。」

「天津啊，好地方，但我沒去過。」說完，我閉上了嘴，覺得自己的聒噪不合時宜，八年後的重逢，我應該說些有意義的話：「我送你。」

「不順路，我在臺北沒房子了，現在要回彰化爸媽家。」

「我還記得路，我送你。」我堅持地說，腦子裡突然出現以前陪她回彰化，小街的陽光，午後的蚵仔麵線，飄著蒜香。

往南行，車流順暢，不過兩個小時已經到彰化，車上意楓話不多，但是我已經知道她丈夫是天津人，有兩個兒子，意楓婚後離開職場，專心當太太，或者應該說是專心當媽媽。而她也知道了我沒孩子，老婆剛去上海就職，眼下臺灣，她那邊只有她，我這邊只有我。這回回來是因為她媽媽不小心跌了一跤，說是不嚴重，但還是要回來看過才放心，所以獨自回來沒帶孩子。下午三點，我憑著記憶找到意楓爸媽家，這條路我只來過四、五次吧，卻一進了彰化市區完全沒有猶豫逕直到了門口，圍牆上依然是茂盛的九重葛，綻放豔紫色花朵，我說：「你進去吧，我在外邊轉轉，如果你媽媽確實沒事，你也放心了，請我吃碗蚵仔麵線吧，挺饞的，好久沒吃了。」意楓雖說：「你想吃自己去吃就是，不過在街口。」但是一個小時後，我還是接到了意楓電話，這麼多年，她還是記得我的電話。

吃了蚵仔麵線，又吃肉圓，我指定要吃市區另一頭那家的肉圓，當然是為了多和意楓在一起一會兒，意楓也許明白，只是不戳破，我們散步過去，我突然說：「我知道你不會相信，但是我一點不記得我們是怎麼會分手的，我又是怎麼會和琴芳在一起。」說完，我有些後悔，怕意楓覺得我推託。

「都過去了。」意楓說，說時並未看我，彷彿往事剛從眼前流走。

天津

馮飛的兩個兒子分別讀幼稚園大班和小班，每天他親自開車送孩子上學，下午放了學，則是司機去接，意楓一個人沒法帶那兩個男孩，他們像小牛犢般橫衝直撞。孩子上學了，意楓嫌在家無聊，原想找份工作，馮飛認為她脫離職場這麼些年，不容易找到好工作，不如看對什麼有興趣，上個課好了，她先去學了畫，現在拜師學骨董鑑定。

馮飛的父親去年走了，走前總算放心了，馮家再度枝繁葉茂，這回應該可以茁壯碩大。馮飛逐漸忘了家族暗處裡不為人知的故事，他是一個盡責的父親，是一個體貼的丈夫，意楓學骨董鑑定似乎很有天分，也許是中文系出身，她對那些舊東西很有興趣，每每沉浸其中，隨著老師的指點，閱讀大批古籍，掌握各朝規制，雖不到廢寢忘食的地步，也幾近沒其他娛樂，以前還去做臉按摩逛街喝茶，現在都不去了，朋友笑他：「這下荷包省了。」馮飛說：「買骨董可比買名牌包貴得多。」

一日，意楓拿了一枚銀鑲瑪瑙問馮飛：「這是誰的？」馮飛一臉狐疑：「這是什麼？從來沒看過，我應該知道嗎？」意楓說：「在你房裡爸爸留下的那兩箱東西看到的。」馮飛搖頭：「我不知道，也不記得看過。」意楓問：「我可以拿去給老師看看嗎？看樣子是老東西，清光緒的吧，也說不定還要早些。」馮飛說：「不值錢的，你要有興趣就拿去吧。」

幾天後，馮飛突然想起來，問意楓鑑定骨董的老師怎麼說，意楓說：「那是腰帶上的裝飾，做工很細，看圖案可能是清朝中葉的製品，尤其難得的是瑪瑙非常好，鮮血一般紅。」馮飛開玩笑：「瑪瑙不是很便宜，仿古街上到處看到瑪瑙鐲子。」意楓說：「那怎麼一樣？你們家的傳家寶讓我找著了，你怎麼謝我？」「那就賜給你了。」馮飛完全不在意，很快就拋到腦後了。

意楓覺得鑲嵌瑪瑙的銀座上的圖案，彷彿見過，卻沒和馮飛說，但是在哪裡見過呢？她想了好幾日，隱約覺得小時候在爺爺書房裡看過其他銀飾，也鑲了鮮紅的石頭，那時年紀小，不知道那就是瑪瑙。如今爺爺不在了，東西可能在媽那裡收著，回臺灣時，到爸媽家裡找找，透天厝的樓頂放了好多舊東西，爸媽年紀大後腿腳不好，根本不上三樓。

趁著母親摔傷回臺灣，意楓上三樓翻箱倒櫃，果然找到一支銀釵，釵上的團雲如意圖案和馮飛父親留下的那一方瑪瑙上的鑲銀幾乎一樣，同樣在另一面鑲嵌了一塊橢圓形瑪瑙。她問父親：「這銀釵哪來的？」「好像是你曾祖母的，你爺爺離家時，帶在身邊做個紀念。」意楓的爸爸說。「可以給我嗎？」「那不值錢，你怎麼對老東西有興趣了啊？喜歡就拿著吧，曾祖母的東西你收著也很好。」

意楓將銀釵帶回天津，連同馮飛家裡的腰帶配飾一塊拿去給老師看，老師用放大鏡仔細端詳：「這似乎是一對，可能是定情信物，兩人立誓許諾後一人保留一件。另一件你怎麼找到的？」意楓沒敢說實話，推諉道：「是公公的遺物，不知道哪來的？也許是從潘家園淘來的，聽說從前他身體好的時候喜歡去。」

意楓按捺著滿心疑惑，難道馮飛的曾祖父與她的曾祖母是舊識？甚至是一對戀人嗎？馮飛知道嗎？應該不可能吧。

臺灣

公司希望中層幹部能提供一份體檢報告，到醫院檢查時，醫生竟然說我的腦子裡有一塊陰影，看起來已經很長一段時間了，醫生問：「你會經常頭痛嗎？」

「很少。」我說。

「曾經覺得噁心？或是嘔吐？」醫生問。

「宿醉的時候。」

「你的頭受到過撞擊嗎？回憶沒有什麼異樣嗎？」

「我失去過一段時間記憶，你是指這一類嗎？」我試探性地問，擔心這一段寫進我的體檢報告裡將會害我失業。已經因為失憶，先失去愛情，又失去婚姻，是的，琴芳已經和我提出離婚。如果又失業，那也太悲慘了。

「可能。」

撞擊？我努力回想，腦中不合時宜地出現彗星撞地球的畫面，難道這也是因為頭部被撞擊的緣故？突然間我想到，在和意楓分手前，我們倆曾經去馬爾地夫旅行，下飛機時，前座的人打開行李箱，掉下了一個電腦包，砸中我的頭，當時眼冒金星，但是過一會兒就好了，沒有頭痛，沒有噁心，難道是因為那一砸使我失去了意楓，失去了將近三年記憶？但當時並沒有異狀。醫生說，有時候傷害當時看不出來，後來才顯現，這就是所謂的後遺症。「但是，有可能沒經過治療，自己就又好了嗎？」我假裝若無其事地問，醫生看了我一眼，說了段更玄的話：「你當初以為沒有傷害，後來卻出現後遺症，現在當然可能自癒，好比血塊逐漸消散，不再壓迫到某個記憶區；但也可能並沒有痊癒，只是你沒發現罷了。」

這算是什麼回答？

「如果你沒不舒服，就先別管了，如果有，再回來做進一步檢查。」

我怔怔推門出去，但是我已經失去的該怎麼辦呢？我能向意楓解釋嗎？我是腦子被砸傷了，才會和她分手，但是我現在已經好了，她能再回來嗎？

天津

意楓拿著銀釵和鑲著瑪瑙的配飾問馮飛：「你覺得你的曾祖父和我的曾祖母可能

是一對情人嗎？」

馮飛大驚：「你聽誰說的？」

意楓：「你看這是一對，圖案式樣一樣，而且他們是同鄉，很可能認識啊。」

「這麼說，我們是姻緣天定，他們沒能結成連理，才會安排你在香港遇到我。」馮飛故意以一種誇張的語氣掩飾自己的心虛。

意楓：「真可惜，沒機會知道它們的故事。」她反覆把玩手中的銀釵，燈光下，她的側影迷離，馮飛擔心她如果知道自己處心積慮拆散她和左安，甚至不惜請人作法，恐怕沒法原諒他吧。

馮飛只要一想到此事，心裡便有愧，只是為了家族，為了對父親的承諾，他硬著頭皮做了，如今對意楓的愛，更讓他害怕有朝一日真相被拆穿。沒想到，愈是害怕愈有事，馮飛接到了恐嚇簡訊：「七年前，你在曼谷做了什麼？相信你不想讓你溫柔美麗的太太知道，那可會傷了她的心。」是誰威脅他？向他勒索十萬元，難道是當年那個法師身邊的人嗎？馮飛依照指定的方式交了錢，拿到歹徒口中的光盤，卻是畫面模糊的性愛光盤，馮飛不明白是怎麼回事？幾天之後，意楓也收到了光盤和簡訊，簡訊上說：馮飛的女朋友現在在曼谷，懷了他的孩子，馮飛逼她打胎，所以匯了十萬元分手費，還附上轉帳明細的照片。意楓大怒，她沒想到馮飛有外遇，馮飛付錢的事實更使得他如今百口莫辯，意楓收到的這張光盤比馮飛那張略為清楚些，隱約看到馮飛和一名身材火辣的年輕女子動作親熱，馮飛此時才想到，是結婚前招待客戶去泰國旅遊，光盤中的女子其實不是真的女人，是變性人，那天大家喝了酒，玩得很瘋，那段半是表演半是玩笑，意楓聽了當然不信，說：「那你為什麼給她錢？」

意楓失去了對馮飛的信任，她甚至懷疑自己是否真的愛他，還是因為當時和左安分手亟欲填補身邊的空缺？終於兩人從激烈爭吵轉向冷戰，然後意楓發現馮飛真的有外遇，只是外遇在天津，不在曼谷，心灰意冷之餘，和馮飛提出離婚，馮飛堅持要孩子。

臺灣

意楓傷心返臺，沒想到又在機場遇到左安，他剛從東京出差回來，左安見她有些憔悴，問：「有什麼事嗎？」意楓搖搖頭，左安堅持送她回彰化，他的車就在停車場。依舊是午後，依舊陽光燦爛，左安想起那年去馬爾地夫，他問意楓還記得馬爾地夫的陽光和沙灘嗎？一輩子沒看過那麼藍的海，意楓輕輕回答是啊，眼神也溫柔了些，左安說：「回來的飛機上，我的腦袋還被砸了個大包。」

「那個人太不小心了。」意楓說。

「如果我和你說，我的腦袋被砸導致後來失憶和行為變異，我們才會分手，你相信嗎？」

「我和你說過，我們之間過去了。」意楓想阻止左安往下說，左安卻在高速公路的路肩停下了車，把醫生檢查的情況和他突然恢復記憶時的驚愕告訴了意楓。意楓沉默著，一時間難以接受情節的發展，猶如和左安分手前難以接受他判若兩人的行為，難道他說的是真的？

一年後，天津

三個月前，意楓終於同意離婚條件，兩個兒子由馮飛撫養，暑假回臺灣與意楓同住，馮飛說：「如果一個孩子跟你，一個孩子跟我，讓他們兄弟分離，對他們也不公平。」離了婚的馮飛非但沒和原本外遇的對象在一起，反而徹底分了手，寄光盤給意楓的就是她，她為了讓馮飛離婚使出的計謀。恢復單身的他依然對意楓覺得虧欠，畢竟是他破壞了她和左安，造成今日骨肉分離，不然意楓現在很可能闔家幸福美滿啊。

愧疚自責悄悄藏在馮飛心裡，直到一天他在網上看到一則新聞，中泰聯手破獲一起鉅額詐騙案，原來當年燒符作法的泰國法師根本是個詐財的騙子，十年騙了許多人，被騙的人遍及世界各地。馮飛怔怔看著新聞，原來有這麼多人需要作法改變命運，原來意楓和左安的分手與他無關，原來意楓會愛上他不是因為有人暗中作法，他怎麼沒想到，如果意楓是2，那麼不論他是1還是3，相加之後仍然是質數，原來，是他自己戲弄了自己。

臺灣

意楓重新在臺北找了工作，待遇不算高，但是生活很踏實，糖糖陪著她找房子，打點生活細節，租的房子只有兩房一廳，另一個房間是為了兒子來的時候可以住，重新回到熟悉的城市，過去在天津的那些年猶如一場幻夢，只有對兒子的思念是真實，或者左安說的失憶是真的，不然以此誆人，也太匪夷所思，愈是騙人的事愈需要合情合理，不是嗎？

意楓結束和兒子的視頻對話，門鈴響了，她打開門，左安拎著一隻提袋：「是乳酪蛋糕，你最喜歡吃的那一家。」意楓側身讓左安進來，陽光滿滿堆在陽臺，堆不下了，客廳米白色地磚也染了光暈。左安剛才出門前，在爐子上燒了一壺水，直到燒乾了才發現，他原本想泡茶，中間接了個電話，便忘了，等到出門前檢查廚房，壺已經燒黑了。他關了爐子，回頭時看見廚房地磚上的光暈，就和現在意楓家的一樣，壺燒壞了不要緊，他只是一時忘了，現在的他可以安心了，別人愛情怎麼開始，他不知道，他要記得自己的。

九歌文庫 1253

別人的愛情怎麼開始

作者	楊明
責任編輯	張晶惠
創辦人	蔡文甫
發行人	蔡澤玉
出版發行	九歌出版社有限公司 臺北市105八德路3段12巷57弄40號 電話／02-25776564・傳真／02-25789205 郵政劃撥／0112295-1
九歌文學網	www.chiuko.com.tw
印刷	晨捷印製股份有限公司
法律顧問	龍躍天律師・蕭雄淋律師・董安丹律師
初版	2017年5月
定價	280元

書號	F1253
ISBN	978-986-450-124-3

（缺頁、破損或裝訂錯誤，請寄回本公司更換）

國家圖書館出版品預行編目資料

別人的愛情怎麼開始 / 楊明著.
-- 初版. -- 臺北市：九歌, 2017.05

面；14.8×21公分. --（九歌文庫；1253）

ISBN 978-986-450-124-3（平裝）

857.63　　　　106005090